Gert Heidenreich

Der Geliebte des dritten Tages

Gert Heidenreich

Der Geliebte des dritten Tages

Erotische Mysterien

Deutsche Verlags-Anstalt
Stuttgart

Die Deutsche Bibliothek - CIP-Einheitsaufnahme

Heidenreich, Gert:
Der Geliebte des dritten Tages : erotische Mysterien /
Gert Heidenreich. - 2.Aufl.
Stuttgart : Deutsche Verlags-Anstalt, 1998
ISBN 3-421-05106-2

2.Auflage 1998

Druck und Bindearbeiten:
Friedrich Pustet , Regensburg
Printed in Germany
ISBN 3-421-05106-2

Inhalt

Faksimile

Jonas Milchhaut war einer jener Menschen, die zu viele Talente besitzen und deshalb keinen richtigen Beruf haben.

Der Helläugige und Blondgelockte hatte auf kleinen Bühnen Theater gespielt, galt unter seinen Freunden als begabter Maler, ein Gedichtbändchen hatte wohlwollende Kritiker gefunden, zwei Jahre war Milchhaut mit einer Songgruppe durch Europa gezogen, dann hatte er als Regieassistent beim Film gearbeitet und sich schließlich von seinem einzigen Onkel, einem Bruder seiner Mutter, in dessen Möbelschreinerei und Restaurierungsbetrieb das Handwerk eines Tischlers beibringen lassen. Überdies war er ein geschickter Silberschmied und hatte gelernt, wie man Goldguß in Gipsformen ausschleudert, um Ringe herzustellen.

Wie es seiner Generation eigen war, hatte Milchhaut nach den politischen Träumen Ende der Sechziger die übliche Indienreise gemacht, lange Zeit Marihuana geraucht, nach viel Ernst Bloch lieber wenig Konfuzius gelesen, in Kommunen gewohnt, geliebt und gestritten, bevor er, nun Mitte fünfzig, von seiner hochbetagt verstorbenen Mutter ein Bauernhaus in einem Dorf südlich der Landeshauptstadt geerbt hatte. Vernünftigerweise hätte man das Haus, obwohl kürzlich erst neu eingedeckt, abreißen und auf dem nicht unbeträchtlichen Grund fünfspännig Reihenhäuser errichten müssen, was in dieser Lage mit Blick auf die Berge gut dreieinhalb Millionen gebracht hätte.

Jonas aber bezog das uralte, heruntergekommene Gebäude mit seiner Frau, seiner achtzehnjährigen Tochter und einer Freundin aus den Jahren vor seiner Ehe.

Da im Dorf mehr aufs Land gezogene Kulturtreibende als eingesessene Bauern wohnten, erregte die Konstellation kaum Aufsehen. Nur daß die drei Frauen und Jonas in ihrem verwilderten Garten nackt herumliefen, sobald die Märzsonne die Wiesen dampfen ließ, schien sogar den zugereisten Städtern übertrieben – doch im Fernsehen gab es mehr zu sehen als die vier mageren Lichthungrigen bieten konnten. Auch besaß Jonas, dessen Vollglatze von einem Petrus-Kranz weißer Flusen umgeben war, mit seiner bleichen Haut und den kastanienroten, seinen Körper überwandernden Sommersprossen nicht das Aussehen eines Verführers, und etliche Männer im Dorf fragten sich, wie gleich zwei Frauen es bei ihm aushielten.

Hinter seiner lämmlichen Fassade verbarg sich freilich ein herrischer und zum Jähzorn neigender Charakter, und nur Menschenkenner sahen ihm diese Schwäche an den Augen an, ihrem zugleich starren und flackernden Blick.

Arbeiten mußte Jonas Milchhaut nicht, seine Frau verdiente als Übersetzerin und Lektorin, seine Freundin fand eine Stelle an der Sonderschule des Landkreises, seine Tochter hatte das Gymnasium abgebrochen und versuchte sich als »Schmuckdesignerin«: Sie bog Silberdraht zu Schnecken und Spiralen. Ihre sparsame Großmutter hatte neben Haus und Grund auch der Enkelin ein paar Rücklagen hinterlassen. In einem großen Schuppen auf dem hinteren Teil des Grundstücks hatte Jonas sich eine Werkstatt eingerichtet, nannte sich nun Holzbildhauer, und gelegentlich fuhr er eine aus allerlei Hölzern zusammengefügte Figur oder barock anmutende Fabeltiere auf seinem Pickup-Jeep in die Stadt; es gab Kunden, die seine hypertrophen Entwürfe schätzten.

Schon nach einem Jahr durfte die ungewöhnliche Familie im Dorf als akzeptiert gelten, wozu sich freilich auch eine nicht unbeträchtliche Spende der Milchhauts für die neue Eindeckung des Kirchturms als nützlich erwies. Zugleich aber beobachteten Anlieger seltsame Vorgänge auf dem Milchhaut-Grundstück: Immer häufiger hielten dort im Schutz der Dunkelheit auffallend teuere Autos.

»Ab hunderttausend aufwärts, was so reiche Leute bei den Körnerfressern suchen?« wunderte sich der Wirt vom Gasthof »Wilder Hund«. Wie es schien, hatte Jonas Milchhaut eine neue und diesmal überaus erfolgreiche Karriere begonnen.

Seine Idee war es nicht gewesen. Vielmehr hatte jener Mutterbruder, in dessen Betrieb er vor Jahren das Schreinern erlernt hatte, ihn um seine Hilfe gebeten: Er müsse in nächster Zeit für eine Woche nach Oslo zur Möbelmesse und mache sich Sorgen, ob er seine vor kurzem geheiratete Frau, die zweiunddreißig Jahre jünger war als er, so lange allein lassen könne. Jonas verstand nicht, wie er in dieser Frage behilflich sein sollte, und der Onkel rückte endlich damit heraus, daß er mit seinen nun einundsiebzig Jahren durch die starke körperliche Begierde seiner jungen Gattin eine außerordentliche Erfrischung seiner sexuellen Fähigkeiten erfahren habe, andererseits unsicher sei, ob seine Frau in seiner Abwesenheit ihre Lust zügeln oder sich vielleicht einem anderen Mann zuwenden werde – kurz, er wolle seiner Gattin zur Erleichterung der Treue etwas hinterlassen, mit dem sie sich bei Bedarf vergnügen könne.

Hier zwinkerte der Onkel so heftig mit dem rechten Auge, daß Jonas unwillkürlich zurückzwinkerte, was der Onkel als Einverständnis deutete.

»Also an die Arbeit«, rief er und lief voraus in die Werkstatt.

»An welche Arbeit?« fragte Jonas, folgte aber brav.

»Ja, du glaubst doch nicht, daß ich ihr irgendein Plastikteil aus irgendeinem Sexladen schenken werde! Sie braucht mich! Mich in meiner kräftigsten Gestalt! Wollen wir ihn in Ebenholz machen? Oder Elfenbein? Ich habe noch zwei Stoßzähne von meiner Safari 1959 zuhause! Oder denkst du gar an Silber? Hohl vielleicht, zu füllen wie eine Wärmflasche. Geld spielt keine Rolle! Na los, heraus mit der Sprache, ich weiß, du bist ein erfinderischer Kopf, ah, du willst ihn als Porzellanabguß, rosé glasiert, ich habe dich durchschaut, die feine glatte Härte, du bist ja vielleicht ein Schweinebolzen, mein lieber Junge!« Und er lachte kräftig, rauh und dunkel, wie Jonas es von ihm gewohnt war.

Mit Ensetzen wurde dem Vielbegabten nun klar, was der alte Herr von ihm verlangte: ein Faksimile jenes Körperteils, der offenbar unter den Anforderungen der frischen Ehe neu erblüht war. Ihn schauderte bei dem Gedanken, die siebzigjährige und mit ihm immerhin verwandte Blüte zu betrachten oder gar anzufassen. Empört lehnte er ab. Der Onkel bot eine beträchtliche Summe, Jonas sagte, er brauche kein Geld, worauf der Onkel ihn undankbar nannte und ihn daran erinnerte, daß er ihm eine eineinhalbjährige Ausbildung geschenkt hatte. Jonas schrie, er werde sich nicht moralisch erpressen lassen, der Mutterbruder schrie zurück, er werde nachträglich das Erbe seiner Schwester einklagen und seinen Neffen, ungeachtet der juristischen Aussichtslosigkeit, die nächsten zehn Jahre mit Gerichtsverfahren überziehen – und bald hatte ihrer beider Geschrei einen so gefährlichen und weitreichenden Klang angenommen, daß die drei Frauen aus dem Haus in die Werkstatt eilten, um zu erwartende Tätlichkeiten zu verhindern. Sogleich zu Schiedsrichterinnen berufen, erfuhren sie, was den Streit ausgelöst hatte, und alle drei waren sich einig, Jonas habe dumm und engstirnig reagiert. Ihm blieb nur, seinen Zorn abflauen zu lassen und einzusehen, daß Widerstand zwecklos war.

So also hatte die letzte Karriere des Jonas Milchhaut ihren Anfang genommen. Mit zarter Unterstützung der drei Damen war der Onkel zu einer Form aufgelaufen, von der sich ein Abdruck nehmen und mit Kunstharz ausgießen ließ, nach welchem Vorbild Jonas mit der nötigen Sensibilität aus dem ihm übereigneten Elefantenzahn ein elfenbeinernes Replikat anfertigte, fein ausgeführt und bis in die kleinsten Falten, quellenden Adern und Äderchen, Buckel und Rinnen dem Original vollkommen ebenbürtig.

Ans Ende drechselte er nach eingehender Beratung mit seinen Damen eine Kugel, gerade so groß, daß sie von einer Frauenhand bequem umfaßt werden, als Hinweis auf das fehlende Skrotum verstanden und zur sicheren Führung der ganzen Skulptur dienen konnte. Der Onkel war von dem mit hochfeinem Goldschleifleinen polierten, cremefarben glänzenden Ergebnis seines Auftrages begeistert und steckte, da Jonas sich weigerte, von ihm Geld zu nehmen, dessen Frau einen Tausender zu. Hiermit hätte nun alles sein Bewenden haben und der Holzbildhauer sich wieder weniger organischen Formen zuwenden können.

Des Onkels junge Frau aber, vom dem sehr persönlichen Geschenk zunächst irritiert, dann gerührt von der Fürsorge ihres Gatten und nach anfänglicher Scheu wiederholter Anwendung durchaus nicht abgeneigt, war wie die Mehrheit ihres Geschlechtes ein Mitteilungsgeschöpf und vertraute sich ihrer besten Freundin an, selbstverständlich unter dem Siegel der Verschwiegenheit. Diese wiederum gab die versiegelte Nachricht einer anderen Freundin weiter, gleichfalls höchst vertraulich, und auch die konnte nicht an sich halten und sprach mit ihrem Mann darüber. Der, ein so bejahrter wie bekannter rechtsliberaler Stadtpolitiker, begriff sofort, daß seiner Frau der Wunsch nach einem solchen Replikat nicht mehr aus dem Kopf gehen, er selbst hingegen Kopf und Kragen riskieren würde, wenn er ihn erfüllte. Die Ehe war es ihm wert. Konspirativ wurden Kontakte eingeleitet.

So kam Jonas Milchhaut unter allerhöchster Diskretion zu seinem zweiten Auftrag. Man einigte sich auf Ebenholz, die Damen halfen, und die Tochter erklärte sich sogar bereit, als Salome vor dem Politiker zu posieren, damit ihrer Mutter und der Freundin ihres Vaters etwas zum Abformen in die Hände wuchs. Jonas ahnte, daß sich sein Leben entscheidend wandeln würde.

In den besseren Kreisen der Landeshauptstadt, wo Männer ihre Toupets beim Perückenmacher der Nationaloper anfertigen ließen und Frauen es anstrengend fanden, täglich Geld auszugeben, wurde der Name Milchhaut bald wie ein heißer und zugleich hoch riskanter Börsentip gehandelt, und auch als Jonas schon mehr als dreißig Repliken angefertigt und weitere fünfundzwanzig in Auftrag hatte, gaben nur beste Freundinnen einander in aller Heimlichkeit ihre Erfahrungen mit seiner Kunst weiter, und nur Busenfreunde tauschten allervertraulichst seine Adresse. Die Lieferfristen nahmen zu.

Hätte er die Namen seiner Kunden publik gemacht, man hätte sich allgemein gewundert, wer da mit wem in derselben Hohlform-Kartei stand. Konservativ getarnte Neofaschisten trafen sich in Gestalt ihres Gemächts mit linken Karrieristen, bedenkenlose Hochfinanz mit gesellschaftskritischer Publizistik, hochehrbare Professoren mit dubiosen Reiseveranstaltern, und manchmal machte Jonas sich ein Vergnügen daraus, Parlamentarier nebeneinander zu plazieren, die sich am selben Tag in öffentlichen Debatten gegenseitig politische Impotenz vorgeworfen hatten. Da standen sie nun alle, einträchtig aufgereckt, ohne ihre Herren.

Gemeinsam waren Jonas' Kunden nur die Ödnis des Lebens und die Hoffnung, sein Formtalent werde ihre allzu sicheren, abgewohnten Beziehungen verjüngen. Alle hatten Angst vor Erpressung, öffentlicher Schande und Lächerlichkeit. Doch Jonas kannte den Wert der Diskretion.

Die Preise waren seit der elfenbeinernen Onkelblüte ins zehnfache gestiegen. Man bezahlte bar, ohne Rechnung, steuerfrei. Silbern wurden die Faksimiles des Männerstolzes geordert oder aus Acryl, Tropenholz und Porzellan, Edelstahl und Bergkristall. Jonas hätte sich längst einen jener computergesteuerten Fräsroboter leisten können, die einen Gegenstand holografisch erfassen und absolut originalgetreu in nahezu jedem Material replizieren konnten. Doch dies hätte ihn vom Gestalter zum Kopierer erniedrigt, und nichts fürchtete er mehr als den Verlust seiner Kunst.

Zur Sicherheit seiner Klientel schaffte er Stahlschränke an, und wenn er sie öffnete und vor den dichten Reihen der numerierten Abgüsse stand wie ein Maßschuster vor den Leisten seiner Kunden, erfüllte die Arbeit ihn mit Stolz. Andererseits war ihm jämmerlich zumute, weil er das Gefühl hatte, zu einem Serientäter verkommen zu sein. Aber er wußte, daß seine Exemplare die industriell produzierten Massenersatzteile und Vibratoren an Lustgewinn weit übertrafen. Es war die Persönlichkeit, die er mitformte, es war der Effekt der Wiedererkennbarkeit, der unverwechselbare Charakter, der dem individuellen Replikat anhing.

Schnell hatte er gelernt, die erotische Intelligenz seiner Kunden einzuschätzen. Die meisten gaben ihre Bestellung schlicht eins zu eins auf, das waren die Phantasielosen, die sich ihre Frau nicht vorstellen konnten oder wollten – denn weibliche Lust ohne ihre eigene Anwesenheit war ihnen selbst dann unheimlich, wenn sie durch ihren Stellvertreter gleichsam daran beteiligt waren. Andere wollten angeben und fragten nach, ob man das Faksimile, da es ohnehin von Hand gearbeitet werde, nicht in den Maßen allseits ein wenig ausdehnen könne. Jonas entsprach den Wünschen und ahnte schon, daß die derart beschenkten Damen, wenn das Original in den Schoß der Familie zurückgekehrt war, sich enttäuscht nach dem Faksimile sehnten. Die Klugen verlangten, es eine Spur kleiner zu machen, um stets als lebende Größe zu triumphieren. Aber das waren wenige. Jonas arbeitete ohne Vorurteil, ohne Murren und bis an seine körperlichen Grenzen. Zwei weitere Stahlschränke mußten hinzugekauft werden. Der Dorf-Pfarrer erhielt eine weitere großzügige Spende für die Neuvergoldung des Altars.

Eines heiteren Februartages aber, Jonas hatte soeben ein Intendantenstück aus Marmor fertiggestellt und war von einem früheren Kunden ans Telefon gerufen worden, erklärte er, nun sei Schluß mit dem Replizieren. Vergebens versuchten Frau, Tochter und Freundin herauszufinden, was ihn plötzlich an der so einträglichen Arbeit störte.

Ihn störte weder die eitle Dummheit der meisten Kunden noch die an Prostitution grenzende Mühe, die seine Helferinnen mit einigen von ihnen hatten; ihn störte auch nicht der zunehmende Andrang neuer Kunden, der auf eine gefährliche Geschwätzigkeit schließen ließ, nicht das Gerücht, daß ein anderer Bildhauer sein Rezept erfolgreich nach Chicago exportiert habe; ja nicht einmal die Tatsache, daß über diplomatische Kanäle die Kunde von den Faksimiles zu einem ostafrikanischen Despoten gelangt war, der durch den Generalkonsul seines Landes einen Barren Gold nebst dem aus Ton gebrannten Duplikat der herrscherlichen Lendenmitte überbringen ließ und eine massiv goldene Kopie verlangte – solches Ansinnen konnte der Helläugige leichthin zurückweisen mit der Begründung, er arbeite nur nach dem Original.

Was Jonas Milchhaut störte, war die ihm zu Ohren gekommene und kaum glaubliche Ungeheuerlichkeit, daß einige Damen begonnen hatten, die ihnen geschenkten Replikate untereinander auszutauschen.

Wer sein Exemplar zuerst verliehen hatte, war nicht mehr festzustellen. Möglicherweise war der Tod des Onkels an allem schuld. Die junge Witwe mochte durch die postmortale Vergnügung mit dem Elfenbeinrest des Verstorbenen auf die Idee gekommen sein, ihn Freundinnen auszuleihen, da er ja nun ohnhin wieder der ganzen Natur gehörte. Eine sehr persönliche Form der Trauer vielleicht.

Jonas sah eine wachsende Liebesunordnung in der Landeshauptstadt voraus. Die Damen jener besseren Kreise kannten bald keinerlei Hemmung mehr, da mit dem Tausch kein Partnerwechsel, folglich auch kein Betrug und die ihm zumeist folgenden Unannehmlichkeiten verbunden waren. Dennoch erlebten sie erotische Abenteuer mit fremden Herren, häufig prominenten, gelegentlich sogar zuvor aus der Ferne begehrten. Bevor den Männer auffiel, daß sie vermietet und verglichen wurden, hatte sich unter dem Codewort »Faksimile« ein schwunghafter Markt entwickelt, und manche Eignerin wußte für Wochen nicht, wo der Ihrige gerade begutachtet wurde.

Nichts von der genitalen Verwirrung geriet in die Presse der Landeshauptstadt, was ein sicheres Zeichen für die Verwicklung der Herausgeber und Chefredakteure in das Chaos war. Es kam zu peinlichen Szenen bei Empfängen und Diners, wenn ein Herr mit einer Dame bekanntgemacht wurde, und sie die namentliche Vorstellung mit den Worten als unnötig abwies: »Wir hatten bereits das Vergnügen.« Schlimmer noch, wenn der Tischherr, neben eine Fremde plaziert, zu hören bekam: »Wie schön, daß ich Sie nun auch kennenlerne!« Selbst eine so harmlose Bemerkung wie: »Ach, ich hatte Sie mir ganz anders vorgestellt!« löste Bestürzung aus, die Aufforderung an einen Eingeladenen: »Fühlen Sie sich ganz wie zuhause!« schien anderes zu bedeuten als alle Steifheit abzulegen, und die etwas ungewöhnlich betonte Frage der Hausherrin bei Tisch »Darf ich Ihnen noch etwas anbieten?« wies unmißverständlich darauf hin, daß umfänglichere Genüsse bereits goutiert worden waren.

Dies alles hatte Jonas Milchhaut in Unschuld bewirkt. Und gleichermaßen unschuldig beschloß er, um rund fünfhunderttausend Mark reicher als zuvor, seine Faksimilekarriere zu beenden. Sorgfältig vernichtete er sämtliche Unterlagen, die eine Zuordnung von Personen zu den in Umlauf befindlichen Replikaten erlaubt hätten.

Als er die Formteile aus den Schränken zu Boden wischte und zerschlug, befiel ihn eine merkwürdige Zufriedenheit, und er spürte eine schon lange nicht mehr gekannte Erregung. Je mehr fremde Abgüsse er vernichtete, um so deutlicher meldete sich sein eigenes Original, und als er sah, daß es zu einer schon verloren geglaubten Imposanz gefunden hatte, nahm er sich selbst einen Abdruck, fegte den Schutt der anderen beiseite und arbeitete drei

Tage konzentriert an seinem letzten Faksimile, für das ihm deutsches Lindenholz geeignet schien. Das Replikat gelang ihm ausgezeichnet, und als er die Griffkugel montiert und das Ganze mit feinster Granulierung geschliffen, gewachst und poliert hatte, legte er es auf den Küchentisch, zog sein Jackett an, überprüfte, ob die Brieftasche Paß und Kreditkarten enthielt, und verließ das Haus. Langsam, als ob er nur zum Einkaufen fahren würde, ließ er seinen Jeep aus dem Grundstück rollen. Es war der erste warme Tag im März, und die Wiesen dampften.

Der Geliebte des dritten Tages

Der Frühnebel hatte sich aus dem Nilbett gehoben. Sein Dunst verwob sich mit Staub, nachnächtlichen Seufzern und Autoabgasen zu Cairos Schleier, der jeden Morgen neu gesponnen wurde. Bald würde er sich aus den Straßen schwingen und sich, von der Sonne zurückgewiesen, auf die Dächertreppen der Stadt senken, wo auf den höchsten Stockwerken noch die Verschläge der Ärmsten kauerten, der Müll zum Himmel stank, Katzen auf den Umfassungsmauern balancierten und über die Häuserkante hinunterblickten in das Menschengewühl.

Eine schwarzgelackte Pferdekutsche mit roten Speichenrädern bahnte sich ihren Weg zwischen Bussen, Mopeds und Karren, Radfahrern und Lastträgern über die El-Gala-Brücke zum Ufer des Stadtteils El Dukki und bog dort in die Sharil-el-Ghîza ein; für die Dachkatzen sah das Pferd vor dem Einspänner in der Masse bewegten Blechs aus wie der zuckende Rüssel eines Käfers, der Takt seiner Hufschläge klang munter, der Kutscher in seiner hellgrauen Dschubbah lachte und hielt seinen einzigen Vorderzahn ins Licht dieses Morgens.

Der Fahrgast war im Schatten des schwarzen Faltdachs als bleicher, schwankender Fleck zu erkennen, ein Europäer, den Stößen des Gefährts müde nachschwingend, in weißem Anzug und Strohhut. In Deutschland hatte man ihm für den Orient helle Kleidung empfohlen. Hätte Robert Klabunder aufrecht gesessen und den Kopf stolz getragen, er hätte kolonialen Eindruck gemacht. Aber sein Rücken hing rund im speckigen Bordeauxplüsch, und jedermann konnte mit einem Blick über die halbhohe Seitentür erkennen, daß der Insasse der Kalesche sich schlecht fühlte.

Es war halb acht, der Generalvertreter für Lebensmittelfolienschläuche und Vakuum-Einschweiß-Verpackungsmaschinen roch den Duft des Cairoer Morgens, dessen Ingredienzien schon den nachmittäglichen Gestank ankündigten; zwischen Klabunders Schläfen dampfte noch der gestrige Abend, an dem er mit einem Engländer an der Bar im fünften Stock des Hotels Sesam, wie er noch wußte, fünf Gin Tonic getrunken hatte, wonach sein Wille und seine Fähigkeit, zu zählen und sich die Art der folgenden Getränke zu merken, geschwunden waren.

Jetzt, in der milchwassertrüben Frühe Cairos und unter dem kecken Pferdetrab, der Klabunders

Schädel folterte, fragte er sich, warum er die Strapaze dieser Fahrt auf sich nahm; und antwortete sich laut: »Weil du alt geworden bist.« Der Kutscher wandte sich um; da aber Klabunder die Augen geschlossen hielt, wähnte er ihn in einem Traum.

Der Generalvertreter hatte am Vortag an der Rezeption des Sesam einen guten Preis für die Kutschfahrt nach Sakkara und Ghîza ausgehandelt. Nach den Folien-Einschweiß-Geschäftsabschlüssen der letzten Tage und gebührlichen Erfolgsmeldungen an Chefin, Schwiegermutter, Mutter, Gattin und drei Töchter wollte der Neunundvierzigjährige sich den unvermeidlichen Besuch der Pyramiden und der Sphinx gönnen.

Touristenbusse schienen ihm wegen sich mehrender Anschläge zu unsicher. Cairos Taxifahrer brachten ihn mit ihren halsbrecherischen Fahrkünsten zur Verzweiflung. In einer Pferdekutsche glaubte Klabunder am sichersten zu sein.

Diese Gewißheit hielt nicht lange. Als er das Lederfaltdach zurückschob und den käsigen Schädel in die um ihn brodelnden Stadt hob, um seine verschwollenen Augen am aurorischen Licht zu versuchen, sah er, wie sein Gefährt bedrängt wurde von kopflastig sich über ihn neigenden Lastwagen und zum Rammen bereiten Sammeltaxis, während seinerseits der Kutscher, ohne sich von den Motormonstren einschüchtern zu lassen,

Eselkarren mit Kegelbergen von Gemüse und junge Radfahrer überholte, die in der ersten Tageswärme, einhändig lenkend, Holzbretter mit ungeheuer getürmten Brotlaibsiedlungen auf ihrem Kopf balancierten.

Klabunder fand sich nicht in der erwarteten Fiakerstimmung. Er drückte sich tief in die Polster, während das Leben sich um ihn so ungestüm ausrief wie zu keiner anderen Stunde des Tages.

Erst als die Kalesche von der Hauptstraße abbog in die Landstraße nach Sakkara, wich die Sorge aus dem Gesicht des Generalvertreters. Er sah den Nilkanal neben dem Asphalt, die Lehmziegelhütten am jenseitigen Ufer und vermißte sofort seinen Fotoapparat, den er wohl an der Rezeption des Hotels liegengelassen hatte.

Klabunder fotografierte auf seinen Vertreterreisen gern Armut, mit Scheu zwar, aber eben doch, weil sie ihm schön und für seine verzogenen Töchter lehrreich schien. Hier hätten sie das eigene Wohlleben schätzen gelernt: Magere Büffel standen im Wasser, Ziegen schleppten ihren geblähten Bauch über den Qualm der Müllhügel und tauchten ihr Maul in den Nebel. Da und dort standen Kinder nacktleibig am Kanal, blickten zur Straße herüber wie auf ein anderes Leben, und hinter den Hütten bückten Frauen sich in die Furchen des Ackers.

Der Generalvertreter sah den Staub der Not, der

sich dem trägen Wasser wie Mehltau auferlegte, auch den Augen der Kinder und ihrem Haar, den Gewändern der Frauen im Feld und der Luft über dem erbärmlichen Leben. In allem war eine Blässe, als wollte die Erde es aufgegeben, Farben zu haben.

Er wandte sich nach rechts, wo ihm am Straßenrand bunte Schilder entgegenkamen, auf denen Papyrus-Werkstätten, Parfümerien und Teppichläden für sich warben. Ein Tankwagen überholte die Kalesche so dicht, daß der Luftstoß das Gefährt auf den Randstreifen drängte und der Kutscher, Flüche jaulend, nicht anders konnte, als in die sich hier zufällig öffnende Sandbucht auszuweichen, die sich als Parkplatz eines Teppichhandels erwies.

Klabunder konnte man viel vormachen – aber er war nicht umsonst Generalvertreter mit Prokura und weltkennend geworden, und so bewunderte er die abgestimmte Maßarbeit, mit der Kutscher, Last wagenfahrer und Teppichhändler ihn an diesen Platz befördert hatten. Er lachte leise und fand sich klug. Aber er irrte. Es war kein Komplott, das ihn an diesen Ort geweht hatte – es war das ewige Schicksal.

Aus dem zwei Stufen hoch gelegenen Eingang des Hauses trat eine Frau. Sie hob sich in ihrem schwarzen Kleid kaum ab von dem Dunkel, aus dem sie kam. Klabunder sah sie einen Schritt vortreten, und er wagte nicht mehr zu atmen.

Was an der Fremden war es, das sein ganzes Leben mit diesem einen Schritt umzustürzen schien? Ihre merkwürdig feste und zugleich grazile Bewegung? Der dunkle und dennoch leuchtende Ton ihrer Haut? Die Strenge ihres Gesichts, das aber ohne jeden Widerstand zu sein schien? Ihre Gestalt im Übergang vom Mädchen zur Frau, schon üppig und von schöner Reife, dabei aber wie noch unangeblickt und unangerührt wartend – auf wen? Auf Klabunder? »Auf mich?« fragte er blöde vor sich hin.

Der Generalvertreter hörte, wie er stöhnte. So leise, daß nur er selbst sich hören konnte. Irgendwer in ihm stöhnte. Er blickte auf die Erscheinung der Teppichhändlerin und spürte, daß ihm seine auf Jahrzehnte geplante, festgefügte Existenz unter den Füßen davonschmolz. Er hatte keine Lust, sich zu wehren. Er hielt sich mit gespreizten Armen beidseits an den niedrigen Türen der Kalesche fest und starrte auf das dünne Kleid, das Wölbungen abbildete und Tiefen überspannte.

Die Händlerin ertrug seinen Blick gelassen, und eine kaum sichtbare seitliche Neigung ihres Kopfes genügte, um Klabunder in die Nähe des Wahnsinns zu treiben. Forderte sie ihn auf? Bedeutete die Bewegung ihrer gekräuselten Haare, die über der Stirn ein Kohle-Diadem bauten und seitlich wie schwarze Wasserfälle auf die Schultern fielen, er dürfe sie berühren? Ahnte sie, was mit ihm, dem

Sohn, Schwiegersohn, Gatten, Vater und Weltvertreiber von Lebensmittelfolienschweißgeräten in diesem Augenblick geschah?

Wie gebannt blieb er sitzen, und sie wandte sich zurück ins Dunkel. Der Kutscher schlug auf das Pferd ein, die Kalesche ruckte, im Bogen verließ Klabunder den Vorplatz, um sich, vor die Pyramiden von Ghîza gebracht, im weiteren Verlaufe des Tages von freundlichen, kleinwüchsigen Burschen umherführen und in Grabkammern locken zu lassen. Er sah nichts. Man half ihm auf Kamele, fremde Touristen fotografierten ihn auf einem Esel. Er nahm nichts wahr. Er bezahlte zuviel. Er kroch im Grabmal des Cheops Gänge hinauf und hinunter und wieder hinauf. Er spürte seine Knie nicht. Er sah die recht und schlecht mit Zement aufgefüllte Sphinx und hätte beschwören können, daß sie schwarzes Haar trug. Als der Kutscher ihn ins Hotel zurückgebracht hatte, zahlte er ihm im voraus die gleiche Fahrt für den nächsten Tag, was dazu führte, daß Klabunder nach schlafloser Nacht am Morgen vergeblich vor dem Eingang des Sesam auf die Kalesche wartete und endlich ein Taxi bestieg, dessen Fahrer verstand, daß er langsam die Straße nach Sakkara entlangfahren sollte.

Wie Klabunder befürchtet hatte, war unter den Teppichläden und Knüpfschulen an der Straße jenes eine Haus, das er suchte, nicht zu finden. Geduldig bog der Taxichauffeur bei jedem Reklameschild von der Straße ab, doch jedesmal schüttelte Klabunder den Kopf. In Sakkara kehrten sie wieder um.

Als der Fahrer einen Eselkarren überholte, sah er wie aus dem Nichts einen Bagger auf sich zukommen, dem er nur noch weiter nach links auf den Randstreifen ausweichen kann, wo sich, glücklich genug, eine sandige Bucht auftut, in der er seinen himmelblauen Peugeot 604 zum Halten bringt.

Zu Tode erschrocken blickt Klabunder sich um. Als der Staub sich verzieht, erkennt er: Das Wunder seiner Rettung ist durch ein zweites erhöht worden – sie stehen vor jenem Teppichhandel, den sie auf der Hinfahrt vergeblich gesucht haben.

Schon sieht er auch die Herrin des Hauses auf der Schwelle. Sie winkt ihm. Er folgt ihr ins Innere, hat knüpfende, webende Kinder erwartet in düsteren Kojen, aber das Haus scheint leer zu sein. Als seine Augen sich gewöhnt haben, sieht er an den Wänden Teppiche, verwirrend geschlungene Ornamente, rubinrot und ultramarinblau aus dem Dunkel leuchten.

Seine Führerin reicht ihm die Hand, er zittert, als er ihre Haut spürt, erschrocken zieht sie die Hand zurück, als habe sie ihn verletzt, er greift hastig nach ihr, so stehen sie, er fängt ihren Blick auf, ihre Augen auf der Höhe der seinen, offen und unergründlich, eine ihn ängstigende Kraft liegt in diesem Blick, er fragt sich, ob sie ihn verachtet, aber ihr Mund lächelt liebevoll, wissend, aufreizend, Klabunder fällt nur ein, sich vorzustellen, er verbeugt sich, nennt seinen Namen, sie lacht leise, Klabunder, denkt er, das muß ein komischer Klang für sie sein, sie läßt ihn nicht los, zieht ihn, der kaum widerstrebt, tiefer in die Nacht des Hauses und setzt da ihren nackten Fuß auf einen Teppich, der dunkelglühend vor ihnen liegt, alle Fülle der Farbe Rot ineinandergeknüpft, in die Glut hockt sich die Schöne, kreuzt die Beine, er kann die helle Seite ihrer Füße sehen, er kniet sich ihr gegenüber, sie läßt seine Hand los, berührt mit den Fingerspitzen sein Gesicht.

Klabunder hört die harten, schnellen Schläge seines Herzens. Sie neigt sich zur Seite und greift nach einem kleinen Etikett, das an die Teppichkante gebunden ist, reißt es ab und legt Klabunder den Zettel in die Hand. Noch bevor er denken kann, aha, so verkauft sie ihre Ware, schüttelt sie den Kopf und weist ihn freundlich, doch mit bestimmter Geste aus ihrem Haus. Tief verwirrt tritt der Generalvertreter ins Freie, hebt die Hand vor die Augen, weckt den bei offener Tür schlafenden Fahrer.

Der Portier im Sesam, ein in der Schweiz aufgewachsener Syrer, reichte ihm seinen Fotoapparat über den Tresen und übersetzte den arabischen Text auf dem Zettel, den Klabunder ihm hingelegt hatte. »Der Geliebte des Dritten Tages – es handelt sich um den Namen von dem Muster eines Teppichs, der so heißen wird, ja? Es ist nicht ein Preisschild. Und hier steht noch, daß er aus 100% Schafwolle besteht, oder?«

Für den folgenden Morgen hatte der Generalvertreter seinen Rückflug gebucht. Jetzt schien ihm unmöglich, nach Hause zu fahren, er wußte nicht mehr, was er dort wollte. Wie sollte er seine Phantasie auslöschen, seine mit jeder Stunde wachsende Sehnsucht bezwingen? Er kannte seine erotischen Wünsche, er hatte keineswegs enthaltsam gelebt, liebte seine Frau auch nach sechsundzwanzig Ehejahren noch mit hinreichender Lust und war nicht auf allen Reisen für den Weltvertrieb der Vakuum-Einschweiß-Geräte und der dazugehörenden Lebensmittelfolienschläuche treu geblieben – aber was ihn jetzt durchflog, war ein ihm unheimliches Fieber. Es hatte nichts gemein mit jener am Wege aufblitzenden Verführung, die ihm manchmal verheißend genug erschienen war, um ihr zu erliegen. Das Fieber gefährdete seine Ehe, seine Familie, seine ganze sorgsam und erfolgreich aufgebaute Existenz. Er mußte widerstehen, wenn er sein Leben fortführen wollte.

Er packte seinen Koffer, legte sich die Kleidung zurecht, die er am Reisetag tragen wollte, und ging in die Bar, um sich von dem gewiß dort hockenden Engländer zu verabschieden. Er fand ihn nicht vor, trank zwei Gin Tonic, kehrte in sein Zimmer zurück, griff zum Telefon und stornierte den Flug.

Am Vormittag saß Robert Klabunder beim Frühstück und dachte daran, daß die Maschine, mit der er hatte fliegen wollen, jetzt gerade Kurs aufs Mittelmeer nahm, als der Empfangsdiener, ein junger Kopte, mit der Information an seinen Tisch trat, die bestellte Kutsche warte draußen.

Auf Klabunders Entgegnung, er habe keine Kutsche bestellt, erwiderte der Junge eifrig, das sei wohl richtig, sie sei für gestern bestellt gewesen, doch habe der Kutscher wegen heftiger Zahnschmerzen nicht kommen können und sich seinen Schneidezahn ziehen lassen müssen, weshalb er erst heute in der Lage sei, die bereits bezahlte Fahrt abzuleisten.

Kurz darauf trat der Generalvertreter vors Hotel, der Kutscher des ersten Tages, der nun auch der des dritten sein würde, winkte ihm zu und grinste so breit, daß Klabunder den nassen Fleischrand seines jetzt gänzlich zahnlosen Oberkiefers sehen konnte. Er vermutete, daß sie das Haus der Teppichhändlerin wiederum nicht ohne die gefährliche Hilfe anderer Verkehrsteilnehmer finden würden, und er fürchtete sich ein wenig, als er die Kutsche bestieg.

Als er auf der Straße nach Sakkara den Touristenbus entgegenkommen sah, der in der Mitte der Fahrbahn mit viel zu hoher Geschwindigkeit direkt auf die Kalesche zuhielt, ahnte Klabunder etwas von dem Geheimnis, das Tod und Eros verbindet. Hier gab es nicht einmal einen Sandstreifen, um auszuweichen, das rechte Rad der Kalesche rollte bereits hart an der Böschung des Grabens. Diesen als seine Rettung anzusehen, entschloß sich der Kutscher unter lauter Anrufung Allahs, während Klabunder die Augen schloß und sich schon tot glaubte. Wunderbarerweise war aber an eben dieser Stelle der Graben zugeschüttet worden, um die Überfahrt auf einen Platz zu ermöglichen, auf den das Pferd jetzt in Panik galoppierte, das leichte Gefährt hinter sich her schleudernd und mühsam von seinem Lenker im Zaum gehalten. Er brachte es schließlich zum Stehen, fiel von seinem Kutschbock auf die Erde, küßte sie und betete laut.

Klabunder sah, daß sie vor dem Haus standen, das er gesucht hatte.

Da die Händlerin nicht zur Tür kam, fühlte er sich berechtigt, unaufgefordert einzutreten. Im Innern wartete er, bis seine Augen sich an die Dämmerung gewöhnt hatten. Dann lief er weiter zur Mitte des Dunkels, wo er die Herrin seiner Phantasie auf dem Teppich zu finden hoffte.

Er erschrak vor ihrer Schönheit mehr, als er noch wenige Minuten vorher vor dem Tod erschrocken war.

Sie lag nackt und aus ihrer Schwärze so aufblühend vor ihm, daß seine Wehrlosigkeit ihn fast schmerzte. Ihre braune Haut schien in der Düsternis zu glimmen, ihre Augen waren ruhig auf ihn gerichtet, und ruhig hielt sie aus, wie sein Blick über sie glitt. Sie räkelte und öffnete sich, damit er sich sattsehen konnte, dann hob sie sich auf die Knie und begann, ihn auszukleiden.

Da sie ihn auf den Teppich niederzwingt, ihn mit ihren Haaren, ihrem Mund, ihrem ganzen Körper berührt und er alles von ihr mit seinem Körper erfährt, ist ihm, als würden Lederhäute, in die er bisher eingenäht war, von ihr aufgetrennt und als platzte er aus ihrer Hülle hervor wie ein lange verpupptes Insekt, das voll innerer Farben ist, er fühlt, wie er sich entfaltet, nach Licht sehnt, er findet es auf ihrer Haut, wo er winzige Sonnen leuchten sieht, denen er nachspürt. Dann wird er gierig auf Schatten.

Mit schamloser Würde und einer Vertrautheit, als wäre sie ihm schon immer nackt begegnet, zeigt sie ihm ihre Lust an seiner Lust und lenkt ihn auf Wege, die ihm fremd sind. Sie läßt sich scheinbar nehmen, verzehrt aber ihn, umfängt ihn, bis er in ihr untergeht, auftauchend sieht er hoch über sich die Göttin, die ihn im Kult ihres Körpers zum Diener gemacht hat, und er kennt kein größeres Glück mehr, als sich auszuliefern.

Plötzlich streicht sie ihm mit den Fingerspitzen über die Stirn, entzieht sich und scheint sich im Dunkel des Hauses aufzulösen. Er weiß, daß er ihr nicht nachgehen darf.

Als Robert Klabunder ins Freie trat, sank die Sonne hinter die Stufenpyramide des Djoser. Der Kutscher schlief zusammengerollt auf der Sitzbank der Kalesche. Wieviele Stunden waren vergangen? Der Generalvertreter lief zum Straßenrand und sah die dichte Reihe kleiner Lastwagen, Pferde- und Eselkarren aus der Stadt zurückkehren, die am Morgen Gemüse und Früchte ins Zentrum gebracht hatten. Betäubt stand er am Ufer des Verkehrsstroms und wollte nicht begreifen, daß er einen ganzen Tag im Haus der Händlerin verbracht hatte. Zugleich konnte er sich nicht erinnern, jemals so ruhig und mit der Welt einverstanden gewesen zu sein wie in diesem Augenblick.

Zurück auf dem Vorplatz, sah er den Kutscher auf dem Bock sitzen und hinter ihm, gerollt aus der Kalesche ragend, den Teppich, der nun in seinem Muster die Liebesspuren des »Dritten Tages« trug. Der Kutscher hob ratlos die Hände, Klabunder blickte sich vergeblich nach der Herrin des Teppichs um und setzte sich neben die Rolle, lehnte seinen Kopf an sie und atmete den Duft der Göttin ein, die ihm die Freiheit geschenkt hatte.

Warum konnte er sie nicht annehmen? Was trieb ihn in der Nacht aus dem Hotel auf die Gasse hinaus, in der ein paar junge Kerle herumlungerten, von denen man nicht zu sagen wußte, ob sie die geparkten Autos bewachten oder klauen wollten? Was trieb ihn, sich von einem eine Zigarette zu erbetteln – Klabunder, der vor vierzehn Jahren aufgehört hatte zu rauchen! Im Schein der Feuerzeugflamme hatte der Junge ein schönes Gesicht. Der Generalvertreter bemerkte entsetzt, daß in ihm der Wunsch wuchs, ihn zu umarmen. Er dankte für die Zigarette und wandte sich abrupt ab, floh ins Hotel zurück.

Tags darauf entschied er sich, ein neues, ganz und gar anderes Leben zu beginnen. Er mietete einen alten weißen Cadillac, den der Verleih üblicherweise für Hochzeiten bereithielt, und fuhr in dem leicht verbeulten Schiff hinaus nach Sakkara. Er genoß den sich verflechtenden Verkehr, fand sich zurecht, als sei er in dem ungeheuren Chaos schon immer mitgeschwommen, und war gespannt, welches Ereignis ihn diesmal auf den so schwer zu entdeckenden Platz leiten würde, auf dem die nachtdunkle Kirche seiner Göttin stand. Auch diesmal würde sie für sein Leben sorgen, warum also hätte er langsam fahren sollen?

Doch nichts gefährdet ihn, er sieht das früher stets übersehene Schild mit jenem Muster aller Rot-Töne der Welt, das den Namen »Der Geliebte des Dritten Tages« trägt, und fünfzig Meter dahinter liegt, wie angekündigt, rechterhand die Einfahrt vor ihm. Klabunder muß kaum bremsen, so viel Platz ist da, ungestüm will er, mit dem Hochzeitsmobil Sandwolken aufwirbelnd, seine Ankunft verkünden.

Aber die Wirklichkeit hält nur ein Graben bereit, den der Cadillac kippend überschießt, der Kühlergrill prallt auf die gegenüberliegende Böschung, der weiße Fisch reißt seine Schwanzflossen über Kopf hoch in die Luft, schlägt auf den Rücken, mit hellem Knall platzen die Scheiben.

Klabunder sieht die Händlerin im Eingang stehen. Sie öffnet ihr Kleid und läßt ihre Brüste hervorquellen.

Der Cadillac jagt, auf dem Dach kreiselnd, über den zementierten Parkplatz einer Teppichknüpfschule, deren Kinder im Klassenzimmer ans Fenster stürzen – die Göttin streift langsam ihr Kleid über den Kopf, Klabunder sieht, sie trägt nichts darunter, ihr Körper glüht in der Sonne – das Hochzeitsschiff schlägt mit der Dachkante gegen die Umfassung eines Blumenbeetes, rollt seitlich über das Mäuerchen ab und erschlägt den Bewuchs – die Göttin setzt sich auf die Stufe und lächelt und läßt die angewinkelten Beine nach außen kippen, Klabunder grüßt die im Schatten aufleuchtende Rose – und wird, als der Cadillac mit der Fahrertür an den Betonpfosten der Schultreppe kracht, im knickenden Wagen zerbrochen.

Man fand ihn lächelnd, mit so glücklichen Zügen, daß eines der Kinder sagte: »Er hat Allah gesehen.«

Die Witwe Robert Klabunders empfing mit derselben Luftfrachtsendung den Plastiksarg und einen Teppich, den das Hotel Sesam nebst übrigem Eigentum und einer Rechnung übersandte. Bei einem letzten Blick, den nach seiner Umbettung in einen Holzsarg Gattin, Mutter und Schwiegermutter, Töchter und Chefin auf den Generalvertreter warfen, waren alle sich einig, daß man den Ausdruck der Seligkeit im Gesicht des Toten »überirdisch« nennen dürfe.

Gerührt sah Klabunders Gattin den, wie sie fand, »sehr schön roten, wenn auch für das Wohnzimmer zu kleinen« Teppich als letztes Zeichen ihres Mannes, daß er an sie gedacht habe. Sie gab das Mitbringsel in die Reinigung, da man bei Importen aus solchen Ländern »nie weiß«. Das Muster überstand das Benzinbad nicht.

Dennoch wurde der Teppich in Ehren gehalten, bis er mit der jüngsten Tochter auszog, die den »Geliebten des Dritten Tages« bald darauf zusammengerollt an die Straße legte.

Die Botin

Seit wenigen Wochen erst ist die Botin im Dorf. Vielleicht ist sie mit dem Licht gekommen, das nach den fahlen Wintertagen wieder Farben ankündigt.

Das in alter Form geschwungene Damenfahrrad, gelb, eine schwarze, gewichtige Ledertasche vor der Lenkstange, das irisch rote Haar der Botin vom Fahrtwind aufgeschäumt, der die blauen und weißen Streifen der Bluse vorn an ihren Körper preßt, daß man ihr nachblickt am mürrischen Morgen, wenn sie uns rücksichtslos heiter grüßt, die Bürgersteige hinauf- und hinabfährt und sich, wilden Jungen gleich, in die Kurve legt.

Aus der Fahrradklingel treibt sie Triangeltöne, auch wenn nichts und niemand im Weg steht. Sie richtet sich auf, streckt die Arme und hält die Lenkstange in beiden Fäusten, als packe sie das Gehörn eines Wasserbüffels; im Kreuz, im Nacken einen schönen Stolz, der ihr bis in die Augen reicht. Vor Hunden hat sie keine Angst.

Sie paßt nicht ins enge Dorf, nicht in die gedrückte Zeit.

Haben die Alten hinter den Pforten ihrer Gartenzäune je eine so junge Botin gesehn? Unbekümmert zieht sie mit sicherem Griff Zeitungen, Gerichtsbriefe, Grüße, Todesmitteilungen aus der Posttasche und reicht sie über den Zaun. Weiß sie nichts von der schicksalhaften Macht des Zustellungsdienstes? Wann weint sie?

Am Ende ihrer Tour durch das ebene Dorf und seine Umgebung muß sie die erst mäßig, dann steil ansteigende Seestraße hinauf, die zu keinem See führt; aufwärts zur Kuppe vor dem Himmel, hinter der sich die Straße in den Fichtenwald senkt wie ein Gurt in ein Fell. Auf dem höchsten Punkt steht linkerhand das letzte Haus; gegenüber, wenige Schritte vom Straßenrand eine Balkenbank in der Wiese, von der Gemeinde als »Gipfelblick« ausgeschildert, weil, wie man redet, früher einmal von hier ein Gebirge zu sehen gewesen sein soll.

Die Botin spart sich die Steigung bis zuletzt auf, obwohl sie ihr am Morgen mit frischen Kräften leichter fiele.

Doch nun ist Mittag, die Posttasche fast leer, ein Luftpostbrief noch aus England und eine Zeitschrift für den Bewohner am Ortsende, der nie am Gartenzaun steht, wenn sie kommt.

Die wenigen Wolken des Morgens haben sich zusammengezogen und werfen Regenleinen nach dem Dorf aus. Hätte die Botin damit gerechnet, sie hätte auch heute die Ölhaut dabei, die sie in den zurückliegenden Wochen stets eingerollt auf dem Gepäckträger mit sich führte und mit der sie sich in einen silbrig glänzenden, radfahrenden Fisch verwandeln kann. Aber der heitere Tag hat sie getäuscht. Schneller will sie die Steigung bewältigen, beugt sich nach vorn, stampft in die Pedale, während der Regen ihr ins Haar sickert, die Locken glättet, ihr in den Kragen kriecht und sich auf dem leicht eingesunkenen Lederdeckel der Posttasche zu einer Pfütze sammelt.

Endlich erreicht sie die Kuppe, am Gartentor hält sie zwischen breit ausgestellten Beinen das Rad, sie hat das Gefühl, ihr ganzer Körper müsse dampfen, sie schwingt den Deckel der Tasche hoch, schwappt das Wasser übers Vorderrad, greift nach Zeitschrift und Brief, als – zum ersten Mal, seit sie den Austragsdienst versieht – der Adressat, der letzte Anwohner der Seestraße, aus der Tür des Hauses tritt; nicht größer ist er als die Botin, ein rundlicher Mann in farbig beklecksten Arbeitsmantel, sie sieht sofort seine Erwartung, übereignet Brief und Magazin der ihr entgegengestreckten Rechten und erfaßt in diesem Augenblick dreierlei Merkmale: die schwarzen Monde unter den Fingernägeln, die grauen, flusigen Haare, die vom Kranz unter der Glatze bis zu den Schultern fallen, und die hellgrüne Iris der Augen, die ihr auffällt, weil man ihr selbst diese Augenfarbe, meist mit Bewunderung, nachsagt.

Wie eine ununterbrochene Bewegung vom Sonnenlicht bis zum Beginn des Regens und vom unteren Ende der Straße bis zur Übergabe des Briefes oben auf der Kuppe erscheint ihr später, wenn sie sich daran erinnert, die erste Begegnung mit jenem Maler am Ende des Dorfs. Was hatte man sich in der Poststelle nicht alles erzählt. »Ein Mann allein, Ehe kaputt, na, das wird ein Haus sein«, sagten die Frauen. »Ein Künstler halt«, war von den Männern zu vernehmen, und sie trugen dabei ein merkwürdiges Glitzern in den Augen, als sei dort oben die Sünde zuhause.

Er bittet die Durchnäßte ins Haus, bringt ihr ein Handtuch, spricht unzusammenhängend von Gefahren, Kälte und Tee, wirft das Magazin im Flur auf den Boden, verschwindet seitwärts in der kleinen Küche, stellt Wasser auf den Herd, tritt, noch immer den Brief in der Hand, ins Wohnzimmer, in dessen Mitte die Botin, die Bluse als nassen Klumpen neben ihren Füßen, sich trocknet, ihn, der sich nicht abwendet, anlacht, und sofort bückt er sich, hebt die Bluse auf, hängt sie über die Lehne des Stuhls, der vorm Fenster zur Straße steht.

Die Botin spürt seinen Blick auf ihren Brüsten. »Ich bin Maler«, sagt er, »das ist so ähnlich wie Arzt.« Sie reibt sich das Haar mit dem Handtuch.

»Ich müßte Sie hassen, weil Sie mir diesen Brief gebracht haben. Weil ich weiß, was darin steht.«

Das Pfeifen des Kessels ruft ihn. Er folgt.

Wenig später sitzen sie sich in zwei kobaltblauen Ohrensesseln am Teetisch gegenüber, die Botin im Arbeitsmantel des Malers, der ihr berichtet, was, ohne daß er ihn geöffnet hätte, im englischen Luftpostbrief zu lesen steht.

Die Botin, hochgezogen die Beine in durchnäßten Jeans und die nackten Füße auf der Kante des Polsters, die Arme um ihre Knie geschlungen, vergißt keine höfliche Frage nach Gründen, warum denn des Malers Frau mit den Kindern zur Schwester nach Wales gegangen, warum denn er selber nicht mitgezogen sei, wie alt denn die Kinder, ob keine Aussicht auf Rückkehr; und sie begreift nicht, warum das Wort »Aussicht« den Maler erheitert.

»Sie schreibt mir«, sagt er, »daß nichts sie bewegen kann. Sie hat, denke ich, einen Künstler gefunden, während ich, wie sie schreibt, bloß ein Betrüger bin. Die Kinder, schreibt sie, sollen mit Kunst aufwachsen, also mit Wahrheit. Ich aber bin ein Betrüger.«

Entschieden schüttelt die Botin den Kopf.

»Was wissen Sie schon von mir«, wehrt er ab. Er bittet sie aus der Terrassentür hinaus auf den gepflasterten Gartenweg, durch den Regen zum

Gewächshaus im rostigen Rahmen; die eintretende Botin atmet den Terpentinduft ein.

Er spricht von seiner »Werkstatt«, in der er nicht eigentlich male, sondern bloß »Wandschmuck« herstelle.

Auf der Staffelei sieht die Botin den mit Kohle auf Leinwand vorgezeichneten Entwurf. Sie erkennt die Balkenbank jenseits der Straße wieder, dem Haus gegenüber am »Gipfelblick«. Dann nimmt sie den Maltisch wahr, die Lappen, Paletten und ausgerichteten Spachtel und Tuben und Pinsel, in beruhigender Ordnung auch die Bilder am Boden, sorgfältig geschichtet lehnen drei Stapel am steinernen Sockel des Hauses.

Sie zeigen alle die Bank, immer den »Gipfelblick«. Unterschiedlich das Wetter, die Sicht, die Valeurs. »Es gibt«, sagt er, »nur zwei Entscheidungen: Standpunkt und Licht.«

Das Prasseln der Regentropfen auf dem Glasdach wird leise.

Die Bilder gefallen der Botin, sie hat es gern, wenn die Formen der Dinge in ihren vertrauten Farben wiedererkennbar bleiben, getreu will sie die Landschaft. Und froh verweist sie auf das »schöne Gebirge«, das sie auf seinen Bildern zum ersten Mal sieht.

Er führt sie zur gegenüberliegenden Wand. Dort aufrecht geordnet die Keilrahmen, bespannt mit weiß grundierter Leinwand, und hinter ihnen hervor zieht er zwei da verborgene Bilder: wieder die Balkenbank, glatter gemalt, falsch in den Farben, die Perspektive verschoben, traumgleich. Ohne Gebirge.

»So malt meine Frau«, sagt er. Unüberhörbar der Stolz.

Die Botin friert, plötzlich will sie nicht bleiben, sie weiß nicht, warum ihr die Bank vor leerem Horizont unheimlich ist. Sie fühlt sich, als ob sie etwas verliert.

Der Maler stellt die Bilder zurück.

»Ich kann mich nicht erinnern, wie es eigentlich kam«, sagt er. »Von einem Tag an, der sich in nichts unterschied von den anderen, malte ich nur noch die Bank. Bald darauf malte auch meine Frau nur noch die Bank. Dann malte ich die Berge hinzu. Aber sie weigerte sich. Ich sah das Gebirge hinter der Bank. Sie sah nur den graubraunen Dunst. Ich entdeckte den westlichen Gipfel, den höchsten, ich weiß, er heißt Mons Magor. Sie weigerte sich, seine Existenz anzuerkennen. Sie können sich denken, daß es zu Streit kam. Die Kinder ergriffen Partei für mich. Ich weiß nicht, ob sie den Mons Magor sahen. Aber sie wollten ihn sehen. Sie vermißten ihn auf den Bildern ihrer Mutter. Das ertrug sie. Aber daß sich meine Bänke besser verkauften, ja sich bald nur noch meine verkauften, daß die Menschen den Mons Magor hinter der Bank sehen wollten – das ertrug sie nicht. Sie fühlte sich wie eine Blinde. Es war eine schreckliche Zeit. Bis sie ging. Sie hinterließ eine Nachricht: Wahrscheinlich seien sie und die Kinder durch ihre Abwesenheit für mich erst richtig vorhanden.«

Während er spricht, durchblättert die Botin seine Bilderstapel. Sie meint, ihn zu verstehen, ja es scheint ihr, als kenne sie das Gebirge schon lange, den auffällig breitgipfligen Mons Magor, der den Horizont bestimmt, meist rechts am Bildrand das Gewicht der dunklen Balkenbank links vorne ausgleichend. Und weil sich jetzt die Wolken über dem Dorf teilen, Sonnenlicht durch die trüben Scheiben des Dachs auf die Botin herabfließt, ist ihr, als wache sie auf. Sie nimmt den Maler am Arm und zieht ihn aus seiner Werkstatt und schnell durch den Garten zum Tor hinaus, läuft, ihn an der Hand, über die gleißende Straße, von der sich schon dampfend der Regen zum Himmel zurückhebt, hinüber zur Bank.

Dort stehen sie nebeneinander. »Sehen Sie?« fragt er.

Die Botin sehnt sich danach, ihm mit »Ja« antworten zu können. Aber sie sieht kein Gebirge. Und schweigt.

Er deutet nach Westen in die Schicht bräunlichen Dunstes. »Da!« ruft er. »Der Gipfel des Mons Magor leuchtet selten so wie jetzt, sein Hochplateau hat die Farbe Ihres Haares! Das ist sehr ungewöhnlich!«

Er weiß nicht, daß seine Begeisterung ihr Schmerzen bereitet, als wäre sie erblindet. Sie wendet sich ab. Dann plötzlich wieder ihm zu. Sie legt ihm die Hand vor die Augen.

Er lacht. »Der Gipfel, in deiner Hand das ganze Gebirge!« Und er umarmt sie und weiß nicht, daß sie den Kopf abwendet, weint und hinausstarrt auf den leeren Horizont, während sie ihm weiter die Augen zuhält.

»Man wird süchtig nach dieser Linie aus Nichts«, sagt er. »Aber wenn sich dort das Gebirge erhebt, bist du frei. Wirklich frei. Du kannst es lernen!«

Sie nimmt die Hand von seinen Augen, er streicht er ihr durchs Haar. »Bergfarbe«, sagt er, fährt mit den Fingerkuppen über ihre Augenlider.

»Und wenn ich es niemals sehe?« fragt sie. Er lächelt. »Der Himmel ist eine Leinwand.«

Gemeinsam wenden sie sich ab von der Bank und gehen über die Straße ins Haus.

Den Leuten im Dorf wird auffallen, daß sie von nun an sich weniger wild mit dem Rad in die Kurven legt, nicht mehr so unbekümmert grüßt wie zuvor, daß sie die Klingel ruhen läßt und zögert, wenn sie die Post aus der Ledertasche vor der Lenkstange zieht.

Auch scheint ihnen der Lack ihres Rades weniger gelb zu sein, die Biegung des Doppelrahmens weniger schwungvoll.

Wenn sie am Ende der morgendlichen Tour die Seestraße hinauffährt, sieht man ihrer Beugung die Qual an, bis sie kurz vor der Kuppe den Entschluß faßt, sich aufzurichten wie früher, und am letzten Haus der Dorfes hält, wo der im Schauen Erfahrene sie künftig am Zauntor erwartet, sie an der Hand nimmt, über die Straße zur Bank führt, in die tägliche Prüfung.

Die Botin setzt sich und wartet auf die Entstehung des Gebirges in ihren Augen.

Die Frau unterm Weißdorn

Der Sommer, in dem Martin dreizehn Jahre alt war, liegt fast ein halbes Jahrhundert zurück. Damals, nach einem eisklirrenden Mai, dehnte sich der trokkene, heiße Juni zu doppelter Länge, in der Hitze verlangsamten sich die Tage zur Mitte hin, hielten dann still, kamen erst am Nachmittag wieder in Gang und holten zur Nacht, wenn ein kaum spürbarer Wind sich erhob, die Uhrzeit ein.

Am Tag lag die Luft wie ein fiebernder Leib unbeweglich über den Häusern der Stadt, in den Straßen stockte die Glut zwischen den Mauern, und der Staub war so fein und leicht geworden, daß er sich von den Schritten der Kinder bis zu den Fenstern hob.

Hinter den Rolläden, die an der Südseite der Häuser mittags heruntergelassen wurden, breitete sich eine Trägheit aus, die nicht aus der Hitze kam. Sie schien der Leere zu entwachsen, die, zum ersten Mal seit Beginn des ungeahnten Aufschwungs, das aus Kriegsruinen gestiegene Friedenswunder befallen hatte. Die Not war vertrieben, aber das erwartete Glück war nicht angekommen.

Martin wohnte am östlichen Ende der Stadt, wo zwei Jahre zuvor ein zerstörtes Straßengeviert geräumt und mit Mietshäusern bebaut worden war. Martins Eltern hatten hier eine der neuen Wohnungen bekommen, drei Zimmer Parterre, von den Fenstern in Küche und Bad sah man auf den Innenhof mit der Teppichklopfstange, an der die Kinder turnten und ein waghalsiges Zirkusprogramm vorbereiteten – ihren verstörten Vätern zur Lehre, was Leben sei.

Nebenan lagen Trümmergrundstücke, von Hollunder und Weidengebüsch überwachsen. Birke, Esche und Ahorn hatten sich im Schutt festgesetzt, alte Gärten sich in Wildnis verwandelt. Martin schlich zu nur ihm bekannten Plätzen, wo er still dasaß, als gehöre er mit Hundeblume, Zittergras und Huflattich zu der sich zwischen Steinen und Tod neu behauptenden Natur.

Wie durch ein Wunder hatte eine der Gründerzeitvillen den Bombenangriff unbeschadet überstanden, der am 21. September 1944 die Stadt wegen zweier in der Nähe liegender Chemiewerke getroffen und fast zur Gänze zerstört hatte. Martin schlüpfte durch eine Lücke im Bretterzaun, der das Nachbargrundstück umgab, stieg auf einen Mauerrest und versuchte, über die Hainbuchenhecke in den Garten mit der erhaltenen Villa hinüberzusehen. Die dort wohnten, kümmerten sich nicht um den Rückschnitt der Hecke, und so war sie zu einer dichten Reihe kräftiger Stämme geraten, deren Triebe schneller wuchsen als Martin. Er streckte sich. Die Mauerkrone bröckelte, und er konnte sich nicht auf den Zehenspitzen halten. Darum war er in jenem Juni, der nun fast ein halbes Jahrhundert zurückliegt, in die Vorkriegspappel hinaufgeklettert, die am Rand des verwilderten Gartens stand und von deren Höhe aus er, im jungen Laub verborgen, Haus, Terrasse und Wiese nebenan fast vollständig einsehen konnte.

Zum ersten Mal hatte er dort die Frau erblickt. Sie lag in einem Liegestuhl unterm Zweigüberhang des blühenden Weißdorns und schien in der Hitze zu schlafen.

Martin war keiner von den Jungen, die gern auf Bäume stiegen. Lieber suchte er in den Ruinen seine geschützten Winkel auf, wo er wie im Nest hocken, mit offenen Augen träumen und sich fragen konnte, wie wohl das Haus, in dessen Trümmern er saß, ausgesehen und wer hier gewohnt hatte; ob hier Kinder umgekommen waren; er sah, wenn er die Augen schloß, wie eine Bombenexplosion das Dach aufriß und das Feuer sich nach unten in die Stockwerke fraß. Dann zog er die Beine dicht zum Körper, umfing sie mit den Armen, stützte das Kinn auf die knolligen Knie, und die widerspenstige Stirnlocke seines dunkelbraunen Haars fiel ihm vor die Augen.

An Regentagen verkroch er sich zuhause im Bett und las, hörte Radio, manchmal malte er. Für die Schule tat er das Nötigste. Er hatte keinen besten Freund, war nicht im Fußballclub, ging heimlich ins Kino und hatte seine Eltern frühzeitig dazu erzogen, daß sie ihn in Ruhe ließen, solange seine schulischen Leistungen beständig und befriedigend waren. Seine Mutter hatte sich abgewöhnt, zu fragen, wohin er nach Erledigung seiner Hausaufgaben ging. Auch ohne daß es vereinbart gewesen wäre, kam er abends spätestens um sieben nachhause. Er trug gern kurze Hosen und wartete nach dem Winter darauf, daß sein Vater das Thermometer vor dem Badezimmerfenster ablas und sagte: »Zwölf Grad, ab heute Kniestrümpfe.« Socken und Sandalen mußten auf vierzehn Grad warten. Sein Taschengeld gab er nicht aus, seit zwei Jahren sparte er auf ein Fahrrad. Das Geld für's Kino stahl er aus dem Haushaltsportemonnaie, nie eine größere Summe als für die Eintrittskarte nötig war.

Ein Eigenbrötler sei der Junge, sagte der Vater besorgt, ohne zu erklären, worin beim Eigenbrötler die Lebens-Gefahr lag. Er sah den Sohn kaum, fuhr als Vertreter für Glaswaren mit seinem Opel Olympia durch die Republik und verlangte, an den Wochenenden in Ruhe gelassen zu werden.

Die Mutter, eine früh verbitterte und erfolglose

Malerin, hatte Mühe mit dem Haushalt, trank heimlich, erhielt gelegentlich von einer Werbeagentur den Auftrag, Fotovorlagen in Aquarelle zu verwandeln, und war dankbar dafür, daß ihr Sohn »einfach zu haben« war. Vermutlich hinderte nur seine Existenz sie daran, sich umzubringen. Oft lief sie an den Nachmittagen in die Stadt, ohne etwas kaufen zu wollen. Manchmal klaute sie. Einen Tropfenfänger, einen Rauchverzehrer, ein Tee-Ei. Die Hochzeit von Grace Kelly mit Fürst Rainier von Monaco hatte ihr vor Augen geführt, wie hochgradig mißlungen ihr eigenes Leben war.

Vermutlich gibt es ein Gen, das Menschen in die Lage versetzt, ihr Alleinsein als angenehm zu empfinden. Den meisten fehlt es. In Martins Anlagen war es enthalten. Die Empfindung, einsam zu sein, kannte er nicht. Er ahnte manchmal, daß etwas auf ihn wartete – doch er hatte kein Bild dafür, kein Wort, keinen Namen. Eine Familie war es sicher nicht.

In jenem Sommer jedoch lernte er, sich nach dem, was er noch nicht benennen konnte, zu sehnen. Er hatte die Frau unter dem Weißdorn nie zuvor gesehen. Sie schien jünger zu sein als seine Mutter. Ihr linker Arm hing seitlich am Liegestuhl herab, und die Hand hielt das Buch noch, das der Leserin zu schwer geworden war, als der Hitzeschlaf sie überwunden hatte. Ihr Kleid aus dünnem und verwaschen hellblauem Kattun bildete den Körper ab, an den Achselhöhlen und zwischen den Hügeln der Brüste war der Stoff von Nässe gedunkelt, und plötzlich wußte Martin, daß er die Frau eigentlich nicht betrachten durfte.

Dennoch blieb er in der Astgabel sitzen und prägte sich ein, wie die Schlafende ihr rotbraunes Haar trug – zu einem verworrenen Aufbau geschlungen und gesteckt.

Sie hielt die Augen geschlossen, der Mund stand halb offen, der rechte Arm lag schräg auf dem Leib, und nun bewegte sich die rechte Hand suchend, glitt abwärts, streifte den Oberschenkel und senkte sich, während die Frau den Winkel ihrer Beine ein wenig öffnete, in die Mitte, drückte, griff tiefer, der Saum des Kleides rutschte eine Handbreit über die Knie hoch, die Frau spannte die Beine bis in die Fußzehen an, ihre Brust hob sich unter tiefen Atemzügen, ihr Kopf drehte sich auf die Seite, und sie sah aus, als ob etwas sie quälte.

Martins Herz schlug schnell und laut. Er konnte den Blick nicht abwenden, in seinen Schläfen breitete sich ein summendes Pochen aus, ihm wurde schwindlig, er packte den Ast über seinem Kopf und hielt sich fest. Ein Seitentrieb, den er mit seinem hastigen Zugriff brach, fiel durch die Blätter zu Boden. Das kaum wahrnehmbare Rascheln weckte die Frau. Sie öffnete die Augen, zog die Hand aus ihrem Schoß zurück und richtete sich auf. Sie blickte zur Pappel, sah an ihr hinauf, genau zu der Stelle, wo er saß.

Er war sicher, daß sie ihn nicht sehen konnte. Doch sie schien zu wissen, daß er hier oben war. Sie stand auf, hob das Buch vom Rasen und lief zur Terrasse. Hinter der steinernen Balustrade drehte sie sich noch einmal um und sah lange zu ihm her. Unerträglich lang. Dann verschwand sie im Haus und ließ die Tür mit dem großen Sprossenfenster offen stehen.

Martin lehnte den Kopf an die Rinde. Er zitterte. Sein Gesicht glühte. Er starrte auf den leeren Liegestuhl unter dem Weißdornbusch. Die roten Streifen des Segeltuchs waren zu einem grauen Rosa ausgeblichen, von den Rändern zogen sich dunkle Flecken ins Gewebe. Martin spürte, daß ihm Tränen in die Augen stiegen. Grundlos. Er war nicht traurig. Ein paar Minuten wartete er, dann stieg er vorsichtig hinunter. Er fühlte sich schwach. Hinter der Hainbuchenhecke war er sicher.

Martin rannte die Straßen hinunter in die Stadt und hoffte, er werde seiner Mutter nicht begegnen, die auf einem ihrer üblichen Stadtgänge ziellos durch die stickige Luft lief. Das Kino hieß »Helia«, der Film »Krieg und Frieden«, Martin verliebte sich in Audrey Hepburn und haßte Henry Fonda. Auf dem Heimweg, es war spät, der Film hatte länger gedauert als üblich, war die Frau im Mittagsgarten mit Audrey Hepburn zu einer Gestalt verschmolzen, und bevor er einschlief, sah er noch einmal ihre Hand, die sich zwischen den Beinen eingenistet hatte. Unwillkürlich folgte seine eigene Rechte.

Er sprach in jenen Tagen noch weniger als bisher. Aber das fiel nicht einmal seinen Klassenkameraden auf. Sie fanden toll, daß ein amerikanisches Raketenflugzeug mit dem Namen Bell X-2 dreitausend Stundenkilometer erreicht hatte; andere widersprachen, keine Rede von Weltrekord, die Bedingungen stimmten nicht. Martin wußte nicht, um welches Reglement es sich handelte. Eine englische Maschine war zwar nur eintausendachthundertzweiundzwanzig Stundenkilometer geflogen, doch dieser Weltrekord zählte. Sie gerieten in Rekord-Streit, es wäre fast zur Schlägerei gekommen. Martin hörte und sah das wie etwas, das unterm Eis geschah.

Am nächsten Tag hatte er auf dem Heimweg entschieden, außer Latein keine Hausaufgaben zu haben. Als die Frau über die Wiese zum Weißdorn lief, saß Martin schon seit einer halben Stunde in der Astgabel der alten Pappel, mit dem Buch »Ludus Latinus« in der Hand. »Nur der Sklave, den der Gehorsam freut, gehorcht richtig«, hatte er übersetzt; er fand den Satz unverständlich.

Sie trug heute kein Kleid, sondern sehr weit geschnittene Shorts aus einem flatterdünnen, buntgemusterten Stoff und eine weiße Bluse, die über dem Nabel verknotet war. Die Knöpfe standen offen. Die Frau bewegte sich wie Audrey Hepburn, Martin flüsterte ihren Namen.

Audrey hielt ihr Buch in der linken Hand, legte sich in den Liegestuhl, schlug das Buch auf, ließ es sinken, sah zu ihm herauf in die Pappel, hob es wieder vor ihre Augen. Ihre rechte Hand stieg langsam zum Kopf und zupfte Spangen aus dem Haar, das um ihr Gesicht zu den Schultern sank.

Martin legte das Lateinbuch auf seine Knie und ließ den Mund offen stehen. Gab es Schöneres auf der Welt als Audrey Hepburn mit gelöstem Haar im Liegestuhl unter dem Weißdorn? Um sie und ihn war Krieg. Doch zwischen ihnen wuchs ein geheimer Frieden. Audrey sog den Duft der Weißdornblüten tief ein. Sie schien dabei weiter zu lesen, aber ihre rechte Hand wurde unruhig, ging auf Wanderschaft, kroch aufwärts, tastete nach der rechten Brust, eroberte sie, glitt zur Mitte, verschwand im Ausschnitt der Bluse, um innen den zweiten Hügel zu erklimmen. Martin verwandelte sich in einen Feldherrn. Audrey feierte in ihrer Bluse die Erstürmung der Kuppe, dann zog sie die Hand heraus und ließ sie langsam hinuntergleiten, als erkunde und besetze sie ihren eigenen Körper. Martin senkte den glühenden Kopf, in dem Kanonendonner hallte. Gleich hob er den Blick wieder. Audreys Hand schob, ungeduldig, wie ihm schien, den Stoff der Hose samt dem Schritt so entschieden über die Mitte zur linken Seite, daß sie für einen Augenblick, bevor ihre Hand zurück über die Blöße fuhr, unbedeckt dalag und Martin sie im Sonnenlicht nackt sah.

Er schloß die Augen und öffnete sie sofort wieder. Er schämte sich. Er fürchtete, sie könnte sein Herz hören. Er war schuldig. Audrey ließ das Buch sinken und blickte hoch ins Laub der Pappel, während ihre Hand sich mit ihrem Schoß verbündete. Er begriff, daß sie ihn ansah; sie wußte, daß er da war. Er reckte sich, um durch eine Lücke zwischen den Blättern besser sehen zu können, das Lateinbuch rutschte von seinen Knien; bevor er es zu fassen bekam, fiel es im Geäst zu Boden und landete so unglücklich auf der Wiese, daß es laut zuklappte. Audrey sah zu ihm herauf – und lächelte. Nun war er sicher, daß er Zeuge ihrer Lust sein durfte. Der einzige Zeuge. Sie hatte es ihm erlaubt und würde es ihm wieder und wieder erlauben, morgen, den ganzen Sommer. Sie wußte, daß er kein Kind mehr war. Ein neues Gefühl lief wie ein Lichtstrahl durch alle seine Muskeln und Knochen und brannte in seiner Kehle. Vor Glück fiel es ihm schwer, still zu bleiben. Er wollte Audrey etwas geben für ihr unermeßliches Geschenk. Doch was hätte er geben können? Seine Verschwiegenheit? Er mußte mehr versprechen, als nur ein Geheimnis zu bewahren. »Ich werde dir treu sein, Audrey«, sagte er leise, »auf immer und ewig treu.« Und Audrey, als ob sie seinen Schwur vernommen hätte, winkelte die Beine an und öffnete sich ihm wie eine Bühne, deren Kulissen sich in einem zaubermächtigen Dunkel verlieren.

Sie bebte nach, bewohnte sich still und schien einzuschlafen, entspannt wie ein Segel, aus dem der Wind zu anderen Masten gesprungen war. Dennoch sah sie nicht glücklich aus, und es war nicht nur Erschöpfung, die Martin ihr ansah. Er wußte noch nichts von der Kehrseite der Erfüllung – aber Audrey schien ihm mitteilen zu wollen, daß erfülltes Glück die Erwartung vernichtet und daß die Gewißheit, die an die Stelle der Träume tritt, zum Ende der Jugend gehört. Martin ahnte, daß mit der Bedrückung, die von der Schlafenden zu ihm herüberwehte, für ihn ein Abschied verbunden war.

Vor einem halben Jahrhundert war es für Jungen nicht leicht, seriöse Namen für die Pforte des eigenen Lebens in Erfahrung zu bringen. Geschweige denn ein Bild zu finden. Erst lernten sie den Gossenjargon, mit dem Männer sich gegen den Verführungszauber zu wappnen hoffen. Aber hatte ein Junge endlich Vagina zu buchstabieren gelernt, so war das elterliche Lexikon die erste und heimliche Möglichkeit, sich ein Bild zu machen. Schwarzweiß sah die begehrte Gegend im medizinischen Querschnitt aus wie eine Röhre, und der Penis, unter dem Mädchen nachschlugen, wie ein Henkel. Die damals von Tabus umstellten Kinder nahmen die unansehnlichen Zeichnungen als Zünder für ihre explodierende Phantasie.

Martin träumte in den Tagen seines Pappelglücks oft davon, daß er für ein Verbrechen, eine unbekannte, finstere Tat, ins Gefängnis geworfen wurde. Er lag immer länger wach, bevor er einschlief – nicht so sehr aus Angst vor diesen Träumen, sondern weil er im Dunkel seines Zimmers, während er sich selbst berührte, Audrey sehen konnte. Seine Mutter verlor nie ein Wort darüber, wenn sie samstags sein Bett neu bezog. Er glaubte, sie sei so ahnungslos, daß sie nichts bemerkte. Wie hätte sie auch wissen sollen, daß aus dem Kind, für das sie ihn noch hielt, ein Mann zu werden begann; einer, der jeden Nachmittag, in der Pappel versteckt und doch nicht verborgen, von einer Frau erlaubt bekam, sie anzusehen; so anzusehen, wie keiner außer ihm sie sehen durfte; eine Frau, die sich für ihn jeden Nachmittag anders kleidete und so selbstverloren entdeckte, als sei er nicht da; von solchen Dingen verstand seine Mutter bestimmt nichts.

In den Wochen jener Hitze, die nicht vergehen wollte, lebte Martin wie eine Pflanze, die das Licht sucht und in der die Photosynthese und das Wachstum nach den in ihr angelegten Gesetzen ablaufen, ohne daß sie sich dagegen entscheiden könnte. In solcher Weise wurde Martin beschienen, von der Sonne einer neuen, ihn ganz und gar verändernden Erfahrung – und obwohl er nicht begriff, was mit ihm geschah, und nicht danach fragen wollte, schien die ihn umgebende Welt der Erwachsenen, die ihm bisher unverständlich gewesen war, von Nachmittag zu Nachmittag klarer zu werden. Er wußte jetzt, warum die Menschen im zerstörten Land überhaupt weitergelebt hatten: Es war ihr Lebensgesetz, dem sie folgten, und dieses Gesetz, dachte Martin, bestand aus zwei geheimnisvollen Kräften – aus der Schönheit der Frauen und aus der Treue, mit der die Männer sich Zutritt zu dieser Schönheit erwarben. Er leistete sich einen Eid: niemals eine andere Frau so anzusehen wie Audrey. Er hatte Wurzeln geschlagen, und ihm war, als habe sein Leben sich endgültig entschieden.

Der Nachmittag, an dem Audrey nicht in den Garten kam, hielt für Martin die neue Erfahrung bereit: wie nah Sehnsucht und Angst beieinander liegen.

Er wartete länger als eine Stunde im Geäst der Pappel. Die Verandatür des Hauses blieb geschlossen. Der Liegestuhl sah aus, als warte auch er. Martins Hoffnung wich der Ungeduld; und sie wich der Angst. Er kletterte hinunter, fand in der Hecke eine Stelle, wo die Stämme etwas weiter auseinanderstanden; dort versuchte er den rostigen und von den Hainbuchen durchflochtenen Maschenzaun vom Boden hochzureißen. Der Draht wurde von verfilztem Gras festgehalten. Martin kämpfte gegen das Hindernis, er spürte den Schmerz in seinen

Fingern kaum, und endlich war die Lücke groß genug, daß er sich auf dem Bauch kriechend hindurchzwängen konnte. Sein Hemd riß an der Schulter auf. Aber er hatte die Wiese erreicht, Audreys Gebiet. Langsam lief er zum Liegestuhl. Im Haus blieb alles still. Er näherte sich dem Weißdorn, und er roch den starken Duft, den die Doldenrispen verströmten. Er kannte ihren Geruch, aber er wußte nicht woher; er suchte, näherkommend, nach einem Vergleich für das seltsame Aroma, das der Busch unter sich zu schütten schien. Aber erst als er sich vorsichtig in den Liegestuhl legte, die Augen schloß und an Audrey dachte, fiel ihm ein, woran ihn der Weißdorn aufdringlich erinnerte, grob, unverschämt deutlich: Es war der Geruch von männlichem Samen, der Spermaduft, den Martin aus seinen Wachträumen vor dem Einschlafen kannte. Er riß die Augen auf, sprang aus dem Liegestuhl und rannte zur Hecke, warf sich auf die Erde und kroch auf das Trümmergrundstück zurück. In seiner Kehle, wo er gestern noch das Glück gespürt hatte, auserwählt zu sein, drückte plötzlich die Angst, Audrey verloren zu haben. Aus der Lücke im Bretterzaun trat er auf die Straße, wandte sich nach rechts, lief an der Kreuzung wiederum rechts und so auch an der nächsten. Die Vorderseite des Hauses war verwahrlost. Der Verputz inselförmig abgeblättert, die Fenster blind von Staub, die Rahmen verwittert. Martin stand vor dem Tor des zugewucherten Vorgartens und blickte auf den Hauseingang, zu dem vier Stufen emporführten. Im Bodenwinkel der Tür, von der brauner Lack schuppig abgesprungen war, hatten vertrocknete Blätter, hergewehte Papierfetzen, kleine Äste und Schmutzgewölle einen Keil gebildet. Zwischen den Steinplatten des kurzen Weges wuchs Gras, Brombeerranken legten sich quer, und vor den Kellerfenstern standen die Brennesseln in dichten Büschen. Das Tor im verrosteten Lanzenzaun hing halb offen und schief in den Angeln. Martin faßte es vorsichtig an. Es ließ sich nicht bewegen, und als er fest dagegen stieß, brach das obere Querrohr, das mit einer Reihe Pfeilspitzen bewehrt war. Er erschrak. Er suchte nach einer Klingel, fand keine, keinen Namen, keinen Briefkasten. Er wagte nicht, den Weg zu betreten, der zur Treppe führte. Die beiden langen Glasscheiben in der Haustür waren von Dreck verkrustet, eine war gesprungen, zwischen Klinke und Türrahmen hingen Fetzen alter Spinnennetze. Dieses Haus war offensichtlich seit wer weiß wie vielen Jahren nicht bewohnt – Martin glaubte nicht, was er sah.

Verstört wandte er sich ab und lief auf dem Bürgersteig weiter. Er schwitzte. Die Sonne brannte auf seine Knie. Er wagte nicht, sich umzusehen.

Eine Frau auf einem schwarzen Damenfahrrad überholte ihn. Audrey. Sie fuhr an ihm vorbei, ohne ihn anzusehen. Auf dem Gepäckträger lag, eingeklemmt unter dem Federbügel, eine weiße Handtuchrolle. Wagsee, dachte er, wohin sonst sollte sie zum Schwimmen fahren. Er jagte nachhause, holte seine Badehose, rief seiner Mutter zu: »Bin am Wagsee«, und rannte durch den Staub der aufgeheizten Straße hinunter in die Stadt.

Der Wagsee hatte in der Bombennacht als Löschteich gedient. Er lag mitten in der Stadt, wurde von einem schmalen Bach gespeist, der ihn am anderen Ende noch schmaler wieder verließ und so unbedeutend aussah, daß man ihm nicht einmal einen Namen gegeben hatte.

Am flach auslaufenden Ostufer des Sees war wie in jedem Frühsommer Kies aufgeschüttet worden. Dort stand die in den Zwanziger Jahren aus Kiefernholz errichtete Badeanstalt. Am Südrand der Stadt gab es damals in sandigem Boden viele Hektar Kiefernwälder, die nach dem Bombenangriff einem Feuersturm zum Opfer gefallen waren.

Die Badeanstalt hatte jene Nacht überstanden: eine Hütte mit Kleiderstangen und einer Theke, wo Besucher sich einen Bügel mit angehängtem Stoffsack aushändigen ließen und, wenn sie sich zum Bad umgezogen hatten, mit ihrer Straßenkleidung wieder abgaben – gegen dreißig Pfennig Gebühr und eine gelochte, numerierte Messingmarke, die mit einer Sicherheitsnadel an der Schwimmkleidung festzustecken war.

Ein auf kurzen Holzpfählen errichtetes Langhaus war in neun Kabinen unterteilt, in denen man sich umkleiden sollte. In der Hitze roch die uralte Anlage noch immer nach Kiefernharz. Die Bretter waren auf den Innenseiten rotbraun und, wo sie dem Wetter ausgesetzt waren, silbergrau; längst hatte die Verwaltung aufgegeben, die Schlösser zu reparieren, und sich mit Ringösen und einfachen Fallhaken beholfen, mit denen sich die Türen innen versperren ließen. Auf der ganzen Länge war dem Gebäude eine schmale Veranda vorgelagert, an deren beiden Enden je zwei Stufen auf die Höhe der Eingänge führten. Hier konnte man mit dem Kleiderbügel in der Hand darauf warten, daß eine Kabine leer wurde.

Damals gab es kein anderes Freibad in der Stadt. An den Nachmittagen in jenem unerträglich heißen Juni versammelte sich die ganze Schuljugend am Wagsee. Als Martin eintraf, sah er Audrey unten vor der Veranda stehen, die Handtuchrolle unterm linken Arm. Sie hatte ihren Kleiderbügel schon geholt und schien zu warten. Martin beeilte sich. Um nichts bezahlen zu müssen, behauptete er der Bademeisterin gegenüber, erst zwölf Jahre alt zu sein. Gleichzeitig traten Badegäste aus drei nebeneinanderliegenden Kabinen. Audrey lief los, Martin begriff das Wunder fast zu spät, folgte ihr, und es gelang ihm, die rechte Nebenkabine hinter sich zu schließen, bevor ihm einer der Wartenden sie streitig machen konnte. Er zitterte. Daß Audrey nur durch die dünne Bretterwand von ihm getrennt war, erregte ihn so sehr, daß er sich auf das Querbrett setzen mußte und kaum Luft bekam.

Wie alle Schüler wußte er, daß die Astlöcher in den Trennwänden immer wieder mit Holzkit zugeschmiert und immer wieder mit dem Finger aufgestoßen oder mit Fahrradschlüsseln aufgebohrt wurden. Haken an der Wand dienten dazu, Kleidersack oder Handtuch über die Öffnungen zu hängen. Er hatte schon, als er die Kabine betrat, zwei unverstopfte Astlöcher gesehen. Eines war über seinem Kopf. Für das andere mußte er sich knien und dann den Rücken strecken. Er wollte es nicht. Aber er tat es. Und Audrey tat so, als wüßte sie nicht, daß er sie betrachtete. Sie verhängte ihm nicht die Sicht.

Martin sah sie an jenem Nachmittag im Halbdunkel der Kabine zum ersten Mal ganz und gar nackt. Er sah überhaupt zum ersten Mal eine Frau ganz und gar nackt. Auch seine Mutter hatte er stets nur bekleidet gesehen. Und nun ließ die Entblößte in der Nebenkabine ihm alle Freiheit, die er sich wünschen konnte.

Zwar grenzte das Astloch den Blick ein, doch Audrey schien dies zu berücksichtigen; sie ging den Sichtkreis in erstaunlich unterschiedlicher Haltung ab, scheinbar immer begründet mit Handlungen, die für das anstehende Bad nötig waren; sie stellte einen Fuß auf das Sitzbrett, beugte sich nach vorn, um ihr Haar zu bündeln, griff nach der Tür, scheinbar besorgt, ob der Haken verschlossen war, drehte sich, verzögerte den Schritt in der Spreizung, bevor sie das Bein nachzog, bückte sich zur anderen Kabinenseite, als suche sie etwas am Boden, und Martin trank mit seinen Augen die Nähe, die sie ihm gewährte.

Audrey wandte sich ihm zu und ging in die Knie, als sei der Spiegel, den sie zum Verzwirbeln der Haare und Aufsetzen der weißen Gummimütze brauchte, über dem Astloch angebracht. Martin wünschte sich, ihre Brüste zu berühren. »Nicht weggehen«, sagte er leise.

Fern in ihm tauchte die Erinnerung daran auf, wie die Warzen und Höfe sich anfühlten. Audrey mußte ihn drüben gehört haben. Sie ließ ihm Zeit.

Auf einmal glitten die Brüste nach unten, und von oben tauchte ein Auge ins Astloch, seinem Auge gegenüber. Er prallte zurück und sprang auf. Dann vernahm er ihren Atem. Er zog sich aus. Audrey in der Pappel verborgen, er im Weißdorn.

Ein lange schon wartendes Kind schlug gegen die Tür. Audrey und er verließen kurz nacheinander ihre Kabinen, blinzelten ins Licht und trugen die Kleiderbügel zur Bademeisterin. Fast zugleich tauchten sie ins Wasser des Wagsees, Audrey in ihrem türkisgrünen Einteiler und mit weißer Badekappe, deren gewellter Rand Locken nachahmte;

Martin in seiner roten Kinderbadehose. Sie sahen einander nicht an.

In den folgenden zwei Wochen trafen sie sich oft am Wagsee. Martin fand heraus, welche der Kabinen die besten Sichtlöcher bot. Wenn er sich dort eingeschlossen hatte, wartete Audrey darauf, daß die richtige Nebenkabine frei wurde. Aber sie gaben auch Weißdorn und Pappel nicht auf. Niemals blickten sie unversteckt aufeinander. Sie sprachen nicht. Martin suchte Audrey jeden Nachmittag zuerst im Garten. Wenn er sie dort nicht fand, wartete sie in der Badeanstalt. Die Hitze über der Stadt ließ nicht nach. In der Zeitung warnte die Verwaltung, Wasserknappheit drohe, und forderte dazu auf, den Verbrauch einzuschränken.

Wenn Martin vor dem Schlaf an Audrey dachte, wagte er nicht, seine Phantasie über die Bilder aus dem Garten und aus der Umkleidekabine hinauswachsen zu lassen. Daß ihre Körper sich einander nähern könnten, war ihm ebenso unvorstellbar wie der Augenblick, in dem seine Eltern ihn gezeugt hatten. Er litt nicht darunter, daß er Audreys Haut nicht berührte. Er berührte sie ja mit seinen Augen und fühlte sich erhoben über alle anderen Jungen seines Alters, die noch nichts wußten von dem großen Geheimnis der Welt. Als sein Banknachbar ihm während der Physikstunde ein in der Klasse kursierendes amerikanisches Heftchen mit Schwarzweißphotos barbusiger Frauen zeigte und ihm anbot, er dürfe es bis morgen mit nachhause nehmen, schob Martin es ohne ein Wort zurück. Von da an war er als »Homo« verschrien.

An einem Morgen zerschlug fernes Donnern die Hitze. Noch war die Sonne nicht aufgegangen, die Nacht gerade erst ausgeblichen, als von Westen her kalter Wind in die Straßen fiel, dem eine Mauer aus lilaschwarzen und grüngelben Wolken folgte. Bevor über der Stadt Blitze brannten, rollten die Wogen des Donners auf den Dächern aus, noch nicht krachend, aber laut genug, um die Älteren aus dem Schlaf zu reißen und an ihr Notgepäck für den Bunker zu erinnern.

Martin schlief, als die ersten Sturmwolken die Stadt erreichten und ihre Hagellast auf die Dächer abwarfen. Das Plätschern auf dem Fensterbrett ging über in ein Prasseln, dann in ein Hämmern, und nur dem Umstand, daß das Unwetter so früh kam und daß die meisten Bürger nachts die Rolläden herunterließen, war zu verdanken, daß der Glasschade sich in Grenzen hielt. Die wenigen Autos, die zu jener Zeit an der Straße parkten, sahen erbarmungswürdig aus. Der vier Jahre zuvor in der Stadtmitte aufgeforstete Park war entlaubt, am Boden lag handbreit hoch eine Mischung aus Eis und zerfetzten Blättern. Die Kanalisation lief über. Die Straßenbahn blieb im Depot, die Schule begann zwei Stunden später.

Am Nachmittag stand Martin vor der kahlgeschlagenen Pappel. Unter der Sonne stieg Dampf aus dem Garten auf. Martin kletterte zu seinem Versteck hinauf, das ihn nun nicht mehr verbarg. Das Segeltuch des Liegestuhls war eingerissen. Die Dolden des Weißdorns klebten als heller Belag auf der Wiese. Die Fensterscheiben der Villa waren zersplittert, von den Rahmen ragten Glaszacken in die schwarzen Löcher, noch immer lief Wasser von der Terrasse. Martin lehnte sich an den nassen Stamm der Pappel. Seit jenem Tag, als er die Vorderseite des Hauses gesehen hatte und von Audrey mit ihrem Fahrrad überholt worden war, hatte er die Frage vermieden, wie sie in diesem Haus wohnen konnte; ob sie allein war; warum sie die Fenster erblinden ließ; die Haustür nie öffnete; nicht wissen wollte, wer er war.

Er wartete. Audrey kam nicht in den Garten. Er lief zum Wagsee, er rannte nicht wie sonst. Etwas in ihm wußte, daß er nicht zu spät kommen konnte und nicht zu früh und nicht zur rechten Zeit.

Am Seeufer zog sich ein alter Mann aus, warf seine Kleider achtlos auf den Kies, stand nackt und gebeugt und ging langsam ins Wasser. Er wandte sich nicht nach dem Jungen um, in dessen Phantasie der dürre, bleiche Körper des Mannes zur häßlichen Zauberergestalt aus einem Märchen wurde. Neben den Stufen zu den Umkleidekabinen lagen drei Spatzen auf der Erde, die der Hagel erschlagen hatte. Martin sah sich um. Außer dem Alten, dessen haarloser Kopf draußen auf dem Wasser schwamm, und ihm war niemand zu sehen. Die Türen der Kabinen standen offen. Die Kleiderstangen hinter der Theke waren leer.

Der Alte sah den Jungen, der sich auf die Planken setzte. Angst um seine Kleider hatte er nicht. Er besaß nichts, was Wert hatte. Aber er kannte die Haltung, die Menschen annehmen, wenn sie sich verloren gegeben haben. Er sorgte sich um den Jungen und schwamm zurück. Als er Grund unter den Füßen spürte, war Martin verschwunden.

Eine Woche lang lief Martin jeden Nachmittag zu Audreys Garten, stieg auf die Pappel und wartete. Er rief nicht nach ihr. Er wußte, daß sie nicht da war, wollte aber nicht glauben, was er wußte. Dann gab er die Regelmäßigkeit auf, kam nur noch hin und wieder. Neue Blätter sprossen aus den Zweigen. Einmal weinte er.

Die Sommerferien begannen, Martin mußte mit seinen Eltern nach Österreich fahren, nach Zell am See, wo sie privat Quartier nahmen. Er entdeckte, daß die Familie Meidler, in deren Schlafzimmer sie untergekommen waren, ein gerahmtes Bild hinter dem Kleiderschrank versteckt hatte, eine bräunliche Fotografie, die den Hausherren in jungen Jahren und in SA-Uniform im Kreis seiner Kameraden zeigte. Das Bild hatte dieselben Maße wie der helle Fleck auf der Tapete über dem Kopfende des

Doppelbetts. Später fand er im Bücherschrank ein Exemplar von »Mein Kampf« mit Signatur des Gauleiters. Der Vater sagte, man werde nächstes Jahr nicht wieder herfahren. Überhaupt, jetzt, wo die Geschäfte geradezu phantastisch gingen, werde man bald nur noch in richtigen Hotels wohnen, nicht mehr bei Leuten wie Meidlers, in deren Schlafzimmer man sich abends Brote schmieren und mit dem Tauchsieder Teewasser bereiten mußte.

So äußerte der Vater sich zugleich abfällig und hoffnungsvoll. Er war mit der Wahl des Urlaubsortes unzufrieden und vertrug die ständige Anwesenheit seiner Familie schlecht. Aber das Wetter war gut. Am See gab es neben den hölzernen Ruderbooten eine sensationelle Neuheit: Tretboote aus Plastik mit Pedalantrieb, weiß und hellblau, silbern blitzten die Lenkräder. Martin war dafür nicht zu begeistern.

Meidlers hatten eine Tochter von fünfzehn Jahren namens Irmi, die klug und bis auf ihre prallen Augäpfel hübsch anzusehen war. Irmi lud Martin ein, Tretboot zu fahren, denn der Bootsverleih gehörte ihrem Onkel. Martin murmelte: »Keine Lust«. Seine Mutter erklärte, das Mädchen habe eine Krankheit, die man Basedow nenne. Martin wiederholte: »Base doof«, und weigerte sich, mit dem Mädchen Boot zu fahren oder auch nur zu reden. Irmi sei blöd, und sie starre ihm immer hinterher.

Da erst fiel seiner Mutter auf, daß er kaum mehr sprach, keine Lust zum Schwimmen und keinen Appetit hatte und in sich gekehrt herumsaß. Der Vater fand sich bestätigt: »Ich sage ja, Eigenbrötler.«

Auf Wanderungen trödelte Martin weit hinter den Eltern her. Und als der Vater ihm erlaubte, zum Heimatabend in den Seehof mitzukommen, schüttelte er stumm den Kopf. Nun fand der Vater ihn ungezogen und undankbar, andere Kinder würden sich alle zehn Finger danach lecken, so lange aufbleiben zu dürfen; die Mutter legte ihre Hand auf Martins Stirn und vermutete, er sei krank. Die Eltern ließen ihn im Meidlerschen Schlafzimmer zurück, und er verkroch sich im beigestellten Notbett.

Die Welt hatte keine Farben und keine Ränder. Die Zukunft war abhanden gekommen. Seit Audrey verschwunden war, schien ihm zwischen Leben und Tod kein Unterschied mehr zu sein. Was hatte er falsch gemacht? Wofür wurde er bestraft? Wozu gab es ihn noch? Und was sollte er jetzt mit seiner Treue anfangen?

Er lebte in einem grauen Raum ohne Boden unter den Füßen. Aber er schwebte nicht, er trieb haltlos in lauwarmem Nebel, der alle Geräusche und Stimmen verschluckte. Und seine einzige Sehnsucht war der Schlaf, in den ihn die tiefe, wehe Erschöpfung entließ.

Als endlich die Schule wieder begann, hatten seine Klassenkameraden den Kopf voll von olympischen Wettkampfergebnissen aus Melbourne und verstanden seine Gleichgültigkeit nicht. Es kam zu ersten politischen Diskussionen, weil die Schweiz wegen der Weltkrise ihre Teilnahme abgesagt hatte. Die beiden Deutschen Staaten waren durch eine gemeinsame Mannschaft vertreten, und wenn an sie eine Medaille fiel, hieß es hüben wie drüben, daß »wir« sie errungen hätten. Martin sagte niemals »wir«, und ihm war egal, ob Russen oder Amerikaner den Medaillenspiegel anführten.

Sein wachsendes Desinteresse an sämtlichen Schulfächern drückte allmählich auf die Leistungen. Er vernachlässigte seine Hausaufgaben, saß apathisch im Unterricht, und als die Welt sich darüber erregte, daß der Ungarnaufstand von den Sowjets blutig niedergeschlagen wurde, ging auch dieses Ereignis spurlos an Martin vorüber. Seine Eltern hingen ängstlich an der Radiostimme mit den Nachrichten. England und Frankreich waren in den israelisch-ägyptischen Krieg verwickelt, täglich hörte man von Drohungen der UdSSR, auch gegen das nahe Österreich.

Es war November, und die Menschen ahnten, daß ein dritter Weltkrieg bevorstand – auch wenn ihnen verborgen blieb, daß sich die Atombomberflotten der Amerikaner und der Sowjets in höchster Alarmbereitschaft befanden. Wenige Menschen wußten, wie nahe die Apokalypse war. Eisenhower kandidierte noch einmal zum Präsidenten der USA, man sprach über seine Krankheit, seine Darmoperation, die ganze Welt hatte Angst vor Schwäche und war kurz davor, an Stärke zugrundezugehen.

Martin begriff die Furcht seiner Eltern. Aber er teilte sie nicht. Er stellte die Mitarbeit im Schulunterricht vollständig ein. Es gab nichts mehr, was zu ihm vordrang, nicht der Krieg, nicht das Geschrei der Lehrer und seines Vaters; geduldig saß er seine Arreststunden ab. Tagträumend schrieb er lange Briefe an Audrey, füllte Seiten mit Liebesschwüren, Bitten, Vorwürfen, Klagen – ohne daß er ein Wort zu Papier brachte. Seine Versuche, Audreys Gesicht zu zeichnen, mißlangen, und er verfluchte die Ungeschicklichkeit seiner Hand.

Er wollte sich ihren Körper mit Bleistiftumrissen in Erinnerung rufen; dabei ertappte ihn der Mathematiklehrer und stellte ihn vor der Klasse als verkommenes Subjekt bloß. Noch spiegelte das Zeugnis nicht die ganze Katastrophe. Aber es führte zu einer Ohrfeige des Vaters. Weihnachten versuchte er, sie gutzumachen.

Martin bekam ein Fahrrad – sein erspartes Geld durfte er für etwas anderes verwenden, er würde es brauchen. Wofür? Der Vater tat geheimnisvoll, die Eltern hatten einander nichts geschenkt. Das Gesicht der Mutter sah nach Glück aus. Am ersten Weihnachtsfeiertag beim Frühstück ließ der Vater die Katze aus dem Sack, er stand auf und sagte: »Martin, du wirst ein neues Zimmer bekommen, ein großes Zimmer unterm Dach, mit zwei Fenstern und Platz für einen neuen Schreibtisch und ein neues Bett; und weiß du, wo, und weißt du, warum? Ich habe ein Haus gekauft und es deiner Mutter zu Weihnachten geschenkt. Endlich ein richtiges eigenes Haus. Eine Villa. Mutti bekommt eine neue Küche. Jetzt fangen wir alle drei noch einmal ganz von vorn an. Wir haben auch einen Garten. Paß auf, bald siehst du nicht mehr so blaß aus.«

Am Nachmittag unternahm die Familie einen Spaziergang zu dem Weihnachtshaus. Als sie sich dem zugewucherten Vorgarten und dem verrosteten, an der oberen Lanzenreihe gebrochenen Tor näherten, wollte Martin davonlaufen.

Nein, erzählte der Vater am Abend, bewohnt sci das Haus schon seit Kriegsende nicht mehr. Der Besitzer lebe in Zürich, seine Eltern und seine Schwester seien damals, Herbst 44, beim Nachbarn zur Geburtstagsfcicr gewesen, und als der Angriff kam, hätten sie dort im Keller Zuflucht gesucht, der sogar sicherer gewesen sei als der eigene Keller. Wer sollte auch ahnen, daß ausgerechnet das Nachbarhaus einen Volltreffer abbekommen würde, während das eigene heil blieb. Nein, verschüttet waren sie nicht, habe ihm der Besitzer erzählt, soweit der das überhaupt wissen könne, denn er war ja nicht dabei, er war bei Verwandten im Allgäu, die brauchten Erntekräfte, und er mußte nicht zur Flak.

»Nein, es war wahrscheinlich der Luftminendruck, sie ist ziemlich tief reingeknallt und hat die Eisentür weggefetzt, so jedenfalls hat der junge Mann es mir erzählt, seine Eltern sind damals umgekommen und seine zwölfjährige Schwester, die er sehr geliebt hat. Blöd, was?, da geht man zu Nachbarn zu Kaffee und Kuchen und zack, Sense, von der ganzen Familie bleibt bloß der Junge übrig, er war fünfzehn, als er wegkam, und jetzt ist er siebenundzwanzig und will das Haus loswerden, vor allem nach dem Hagelschaden. Man muß natürlich was reinstecken, die Handwerker sind schon bestellt.«

So berichtete der Vater von ihrem neuen Leben. Martin fragte nach dem Namen jener Schwester des Besitzers, und der Vater lachte laut, das habe er nun wirklich nicht gefragt. »Das nicht, sonst alles, was für den Vertrag nötig war, aber das nicht!«

»Aber du könntest ihn doch noch fragen!« rief Martin. Die Mutter schickte ihn ins Bett. In der Wohnzimmertür sah Martin sich zu seinem Vater um, der neben dem Tannenbaum stand und aussah, als ob man ihm helfen müßte, froh zu sein. Der Vater fing seinen Blick auf und sagte: »Wenn du es möchtest, frag ich ihn. Wenn die Feiertage vorbei sind. Wir müssen sowieso noch mal zum Notar. Träum schön von deinem neuen Zimmer!«

Der Frost war schon im März vorüber. Am neunzehnten Februar war Martin vierzehn Jahre alt geworden, wie immer hatte seine Mutter in der Nacht einen Napfkuchen gebacken, ihm den Geburtstagstisch aufgebaut und eine einzige Kerze entzündet, die sie »Lebenslicht« nannte. Der Vater war unterwegs. »Du weißt, daß er an dich denkt, wir haben ja nur dich«, sagte die Mutter, »nun blas das Lebenslicht aus, du mußt in die Schule.«

Er wußte, daß es Unglück bringt, wenn die Geburtstagskerze von jemandem anderen oder vom Wind ausgelöscht wird. Er bekam eine lange, zwischen Grün, Braun und Rot changierende Windjacke, die Dufflecoat hieß und ein einknöpfbares Teddyfutter aus Nylon hatte; dazu olivgrüne Wollhandschuhe. Ein detektivisches Jugendbuch mit dem Titel »Keinbein hält die Fährte« und ein Abonnement für die Heftchenreihe »Spannende Geschichten«; darin kam neben australischen Termitenüberfällen und dem nepalesischen Schneemenschen Yeti auch der Weltradler Heinz Helfgen vor und berichtete von seinen Abenteuern in der »Grünen Hölle« von Borneo, wo er sein Fahrrad fast durchgehend auf der Schulter getragen hatte.

Martin hätte seiner Mutter gern gesagt, sie solle das ganze Kinderzeug verpacken und in den Osten schicken. Um sie nicht traurig zu machen, behauptete er, daß er sich freue.

Am zehnten April war die Renovierung des Hauses abgeschlossen, der Vater sprach von »Ausdünsten« und »Abbinden«, am fünfzehnten kam der Umzugswagen, in der Nacht zum sechzehnten schlief Martin zum ersten Mal in seinem Zimmer unterm Dach. Der ehemalige Speicher war verschalt und mit einem neuen Holzboden versehen worden. Die zwei Dachgauben nach Süden waren tief genug, daß Martin in sie hineingehen und die Fenster öffnen konnte. Sein Vater hatte mit einem Packer den Schreibtisch und dann das Bett nach oben geschleppt. Er hatte seinen Sohn ängstlich angesehen. »Gefällt es dir?« hatte er gefragt. Und Martin hatte gesagt: »Ja. Danke, Vati.«

Dann hatte der Vater sich auf das Bett gesetzt. »Ich muß dir was sagen, Martin. Ich glaub, ich versteh dich nicht. Ich weiß nie, ob du dich freust oder nicht. Vielleicht weißt du das ja selber nicht. Ich bin jedenfalls froh, daß ich das geschafft hab mit dem Haus hier. Auch wenn wir jetzt jede Menge Schulden am Hals haben. Ich hab's auch für dich gemacht, nicht nur für Mutti. Vielleicht sagt dir das was. So fast schon von Mann zu Mann?« Er lachte leise. »Mein Vater hat immer gesagt: Vater werden ist nicht schwer, Vater sein dagegen sehr. Ich fand das damals affig. Aber es ist was dran.«

Martin war unbehaglich zumute. Daß sein Vater so zu ihm sprach, machte ihn verlegen. Er fand ihn da auf der Bettkante zu klein. Niedrig. Immerhin hatte dieser Mann ein Haus gekauft. Er hatte etwas anderes verdient als einen Sohn wie ihn, den Schulversager. Martin schämte sich. Er hätte seinen Vater gern umarmt und ihn nach Treue gefragt, nach Schönheit, nach Verzweiflung, danach, wie man eine Frau hindern konnte, einfach wegzugehen. Aber er sah den unsicheren, dick gewordenen Mann auf dem Bett sitzen, er sah die verschränkten Hände, die ihn mitunter geschlagen hatten oder ihm durchs Haar gefahren waren wie gütige Kämme; und er sah, daß an den hochgeschorenen Schläfen des Vaters ein grauer Schimmer aufgezogen war.

Ohne daß er es wollte, spürte Martin eine ungeheure Entfernung zu dem Mann, der wie ein Bettler auf ein gutes Wort seines Sohnes wartete und den er in zahllosen Nächten verurteilt hatte, schuldig, weil Audrey seinetwegen fliehen mußte aus dem verkauften Haus.

»Danke, Vati«, sagte er. »Ich freu mich. Ich freu mich wirklich. Und ich werde jetzt bestimmt auch besser in der Schule.«

Als er die Mutter die Treppe heraufkommen hörte, stand der Vater auf.

»Übrigens, ich hab gefragt, wie die Schwester des Vorbesitzers hieß. Sie hatte einen komischen Namen, so heißt heute kein Mädchen mehr. Sie hieß Adele. Armes Mädchen. Mit dem Namen hätte sie noch viel Ärger gehabt.« Und zur Treppe gewandt, rief er: »Ich komme schon, Mutti, der Junge muß jetzt schlafen.«

In jener ersten Nacht in Adeles Haus hatte Martin, als er allein war, sein Nachthemd angezogen, das Licht ausgeschaltet, die beiden Dachgaubenfenster geöffnet und die frisch lackierte Speichertür geschlossen.

Terpentinduft zog durch das Haus bis hier herauf. Von nun an verband Martin mit diesem Geruch, daß etwas neu und rein sei. Die Aprilnacht ließ Kälte auf seine nackten Füße fallen. Er konnte in den Garten hinuntersehen, und der Lampenschein, der aus den Fenstern des Wohnzimmers und der Terrassentür fiel, reichte aus, Weißdornbusch und Pappel zu erkennen. Die großen Schatten seiner Eltern strichen über den Rasen. Er sah, daß Vater und Mutter offenbar noch räumten und Bilder aufhängten, oder im Streit aufgeregt hin und her liefen. Hören konnte er nichts. Er ließ die Fenster offen stehen, legte sich in sein neues Bett und zog die Decke ans Kinn.

Als er die Augen geschlossen hatte, versuchte er sich vorzustellen, wo Tür und Fenster waren. Er wußte noch von dem Umzug in die Mietwohnung vor drei Jahren, daß ihm morgen beim Aufwachen schwindlig werden würde, weil er sich nicht zurechtfand.

»Adele«, sagte er ins Kissen. Daß Audrey eigentlich Adele heißen sollte, schien ihm nicht ungewöhnlich. Schließlich sah sie auch anders aus als Audrey Hepburn in »Krieg und Frieden«, warum sollte sie nicht anders heißen. Er hatte ja auch keine Ahnung, wie Audrey Hepburn nackt aussah. Er wollte es auch nicht wissen. Nie und nimmer, dachte er, wozu hätte er Adele sonst ewige Treue geschworen. Adele hieß die Frau im Liegestuhl. Und Audrey die im Film. Audrey war nur Kino. Aber war Adele wirklich? Und wo war sie? Vielleicht hatte sie hier auf dem Speicher gewohnt?

Er setzte sich im Bett auf und starrte ins Dunkel. Ihm war unheimlich. Er spürte die Kälte auf seinen Augen.

»Sei still«, sagte Adele mitten in der Schwärze des Zimmers.

Sein Herz blieb stehen, setzte zwei Schläge aus und kam mit einem heftigen Stoß wieder in Gang. »Adele?«

»Bitte schließ die Fenster, mir ist kalt.«

Er zögerte keinen Augenblick und befolgte ihre Bitte. Im Bett setzte er sich wieder, als müsse er genau die Position einnehmen, in der er vorhin ihre Stimme vernommen hatte. Er horchte. Das Dunkel, das er sah und nicht sah, blieb still. Hatte er sich getäuscht? »Adele?«

»Du weißt also meinen richtigen Namen.«

»Ja.« Sein Atem flatterte. Er dachte, daß er jeden Augenblick sterben müsse. Auf einmal wußte er, was Mut war. Und er fragte in die Schwärze: »Warum bist du nicht mehr gekommen?«

»Ich bin ja da«, sagte Adele. »Wir wohnen jetzt zusammen.« Er roch Weißdornblüten, dann spürte er ihren Atem, und er ließ sich zurücksinken. Er hatte Angst. Adele küßte ihn auf die Augen und senkte sich ihm zu, er rückte zur Seite, fühlte, wie die Bettdecke gehoben und wieder geschlossen wurde. Ganz gleich, was nun geschah – er würde Adele nie wieder gehen lassen.

Sein Nachthemd schob sich zum Kinn und flog über den Kopf davon. Er spürte ihre Brüste auf seiner Brust, hob sich ihr entgegen und fühlte sich so warm und weich umfangen, daß er alle Ängstlichkeit verlor und seine Arme um Adele legte. Er ließ seine Hände über ihre Haut gleiten, und Adele gewährte seiner Knabenneugier freien Lauf.

Er spürte, daß sie seine Expedition genoß. Sie zitterte wie er. Dann führte und lenkte sie ihn. Er gab sich auf und wurde ein Teil von ihr. Ein winziger Rest seines Bewußtseins sagte ihm, daß er glücklicher als die Götter war, bevor es Menschen gab.

Als Ende Mai der Weißdorn Blütendolden trieb, sagte die Mutter, daß der Busch »sehr unangenehm« rieche, »unerträglich, nicht auszuhalten«, und sie beschloß, daß er entfernt werden sollte.

Martin erfuhr davon beim Abendessen. Sein Vater war unterwegs, in Dingen des Gartens entschied die Mutter allein.

»Morgen wird er abgesägt«, sagte sie, während sie ihr Glas mit Weißwein füllte.

Martin schrie. Er schrie kein Wort, er schrie nur, holte Luft und schrie weiter. Die Mutter saß einen Augenblick wie versteinert, stand dann auf, rief seinen Namen. Sie wußte nicht, warum er schrie. Sie umkreiste ihn ratlos, schrie selbst, schwieg, jammerte. Sie kühlte ihm mit einem nassen Handtuch die Stirn, aber er schrie. Sie fragte ihn, ob er Schmerzen habe und wo, aber er holte nur erneut Luft und schrie.

Die Mutter zog den schreienden Jungen vom Stuhl hoch und führte ihn zur Verandatür, öffnete sie, weil sie glaubte, er brauche frische Luft. Da riß sich Martin von ihrer Hand los, rannte über die Terrasse in den Garten zum Weißdorn und schrie. Die Mutter folgte ihm. Sie wollte nicht begreifen. »Du schreist wegen dem stinkenden Busch? Soll er stehen bleiben? Sag was, Kind! Wenn du willst, kann er bleiben!«

Augenblicklich hörte Martin auf zu schreien. Die Mutter sah ihn entgeistert an. Dann blickte sie hinauf in den Weißdorn. »Liegt dir so viel an dem? Wieso?«

Ihr Sohn lief zurück zur Terrasse und ins Haus. Als sie hereinkam, sah sie ihn wie zuvor am Tisch sitzen. Er aß sein Wurstbrot, als wäre nichts gewesen. Die Mutter hatte Angst, mit einer Frage das Geschrei wieder auszulösen und schwieg. Vielleicht war der arme Junge verrückt geworden? Sie trank ihr Glas aus und goß es wieder voll. Oder es war nur ein Nervenkrampf. Vielleicht äußerte sich bei ihm die Pubertät so, daß er schrie, wenn etwas verändert werden sollte. Ja, dachte sie erleichtert. Bestimmt ist es die Pubertät. Und sie hob ihr Glas. Sie trank an diesem Abend die Flasche aus und öffnete eine zweite. Martin zog sich still unters Dach zurück.

Er wiederholte die Lateinvokabeln, packte seine Schultasche, zog sich aus, legte die Kleider über den Stuhl, streifte sein Nachthemd über und entschied sich, nicht mehr zum Zähneputzen hinunter ins Bad zu gehen.

Als Adele aus dem Dunkel kam und sich zu ihm legte, lächelte er.

»Seit wann hast du es gewußt?« fragte sie.

»Was?«

»Daß ich drin wohne, in dem Weißdorn.«

Er legte seinen Kopf zwischen ihre Brüste. »Ich hab es gar nicht gewußt«, sagte er. Und nach einer Pause: »Das gibt's doch nicht. Ist das wahr?«

»Was ist schon wahr«, sagte Adele.

Drei boshafte Legenden

Das Kostüm

Die Herzogin von Norfolk, Christine, soll sich eines Herbstabends in Abwesenheit ihres auf einer Dreitages-Jagd weilenden Mannes Beinkleider, Hemd, Weste und Joppe desselben nebst seinem Halstuch, seiner Hausmütze und seinen für die kühlen Tage bereitstehenden Filzschuhen angezogen und in diesem Kostüm nicht nur einen Knecht bei den Pferdeställen, den Kamindiener und die Köchin, sondern auch die eigene Kammerzofe derart mit dem Anblick des schweigend durch die Dämmerung schreitenden Herzogs getäuscht haben, daß alle vier vor der gaffenden Runde der übrigen Dienstboten Stein und Bein schworen, ihr Herr habe die Gabe, an zwei Orten zugleich zu sein – folglich sei er mit dem Teufel im Bunde.

Zurück von der Jagd, fand der Herzog sein Gesinde sämtlich im Aufbruch, man floh seine Güter, kein Versprechen half, keine Drohung, die Wirtschaft ging zugrunde, und da sowohl die verängstigten Dienstboten ihm gegenüber den wahren

Anlaß ihrer Flucht verschwiegen als auch seine Frau ihren kleinen Spaziergang in ihres Mannes Kleidern für nicht erwähnenswert hielt, fand der Herzog zu keiner Erklärung seines plötzlich eingetretenen Unglücks, wandelte sich binnen eines Jahres vom jovialen Herrn zu einem verbitterten, mißtrauischen, endlich menschenfeindlichen Alten und starb nach einem weiteren Jahr des Niedergangs in seinem verwahrlosten Schlosse.

Die Herzogin Christine, die all dies nicht als Folge ihrer Laune erkennen konnte, trat in ein nahe gelegenes Kloster ein. Die Söhne Gilbert und William, aus einem Krieg in den Diensten des Königs zurück, fanden ein verfallenes Erbe vor.

Der Schneider von Lugum

In der Nähe der Stadt Limburg soll in dem heute nicht mehr auffindbaren Marktflecken Lugum ein Schneider gelebt haben, der die ungewöhnliche Fertigkeit besaß, Gewänder zu nähen, die man vollständig wenden und so auf zwei Seiten tragen konnte: War die eine Seite nach außen gekehrt, zeigte das Gewand ganz und gar die elegante Bekleidung eines Herren vor. Wendete man aber die andere Seite nach außen, so bot sie den Anblick einer vollendeten Robe für die Dame der besseren Gesellschaft.

Eine Limburger Chronik weist aus, daß jener Schneider dreiundzwanzig derart zweigeschlechtliche Gewänder im Auftrage von Herren und Damen aus der Stadt genäht und geliefert hat, bis eines Tages zu ihm drang, daß fünf seiner weiblichen Kunden dem Wahnsinn verfallen waren, zwei Männer als Mörder gehenkt und einer sich vor den Augen der Gattin, in die Damenseite seines Anzugs gewandet, von einer Zinne des Limburger Doms gestürzt hatte. Fortan entsagte er seiner Kunst, so sehr ihn auch begehrliche Herrschaften bedrängten. An einem Wintertag schließlich fand man ihn, nach dem Besuch einer verzweifelt um ein neues Doppelgewand bettelnden früheren Kundin, tot auf seinem Schneidertische liegend vor, den Schädel von seinem eigenen Bügeleisen zertrümmert.

Zu ihrer Überraschung entdeckten die barmherzigen Wäscherinnen seines Leibes an ihm Brüste und Scham. Seine letzte Kundin aber wurde, weil sie sich einem Pfarrer anvertraute, der es mit dem Beichtgeheimnis nicht richtig hielt, bald als Mörder entlarvt: Es war der Limburger Müller.

Das Eisenweib

In Leséssive bei Bayonne lebte Ende des vorletzten Jahrhunderts ein rechtschaffener Schmied, der für seine Kunst berühmt war. Er hieß Louis Marolle.

Wegen der Hitze in seiner Werkstatt arbeitete er meist nur mit der starken Lederschürze bekleidet, sonst aber nackt.

Da erschien ihm eines Tages der Teufel in der Esse, wuchs aus den glühenden Kohlen empor, kühlte sich die Hände im Löschtrog und faßte den Schmied an dessen Brust.

»Du hast ein kaltes Herz«, sprach der Teufel, »das kommt davon, daß du ohne Weib lebst. Schmiede dir ein Weib, so wie du es gerne hättest, ich werde ihm Fleisch und Seele geben.« Damit sprang der Teufel zurück in die Esse und verschmolz mit dem Feuer.

Louis Marolle wollte nun gern ein Weib. Und er schmiedete drei Tage und drei Nächte lang, bis er ein schönes Geschöpf aus Eisen vollendet hatte, das ihn um Haupteslänge überragte, denn er wollte zu seinem Werk aufsehen. Dann schlief er vor Erschöpfung ein.

Als er erwachte, lief sein großes Weib aus Fleisch und Blut in der Schmiede umher und schuf Ordnung. Der Schmied freute sich, sprang auf, rief: »Du mein liebes Eisenweib!« und umarmte die Schöne, die ihm gern zu Willen war. Danach sagte sie: »Und nun, lieber Mann, will ich schmieden.«

Er verwunderte sich, zeigte ihr aber, wie die Glut anzufachen, mit der Linken die Zange zu halten, mit der Rechten der Hammer zu führen, das Eisen im Essigwasser zu härten war – und sie stellte sich so geschickt an, daß sie in kurzer Zeit noch weit kräftiger und kunstvoller schmieden konnte als der Meister selbst.

Da hätte sich Louis Marolle nun weiße Wäsche anziehen, sich in seinem Haus auf dem Sofa ausstrecken und sein Leben der köstlichsten Faulheit widmen können. Denn das Eisenweib nahm ihm jegliche Mühe ab.

Aber er war es nicht zufrieden. Neid fraß sich durch seine Brust, Marolle blickte scheel auf die rußigen Hände seiner Frau, bekam Angst vor den weit ausholenden Schwüngen, mit denen sie den Hammer führte, ihre Schönheit tröstete ihn nicht, und er wäre sie gern wieder losgewesen.

Als sein vollendetes Weib schlief, rief er heimlich nach dem Teufel. Der erschien und vernahm, daß Louis Marolle nun lieber wieder allein sein wollte.

»So soll es geschehen!« rief der Teufel, hob das Eisenweib auf und wollte es ins Feuer werfen.

»Nein!« rief der Schmied voller Entsetzen. »Geht es nicht anders? Kann ich denn anders nicht frei werden?«

»Oh, doch«, sagte der Teufel, legte das schlafende Eisenweib auf den Boden, schnappte Louis Marolle am Nacken, hob ihn hoch und warf ihn in die Glut der Esse, wo er jämmerlich schreiend verbrannte.

Davon wachte das Eisenweib auf, packte den Teufel am Schwanz und sagte: »Gott hat dich gesehen, wie du meinen armen Mann ins Feuer gestoßen hast! Dafür wirst du nun sieben Jahre hier in der Schmiede arbeiten!«

Da mußte, ob er nun wollte oder nicht, der Teufel sich fügen. Die Welt hatte sieben glückliche Jahre. Das Eisenweib aber zog weiße Wäsche an, legte sich im Haus auf das Sofa und fand, daß es der Mühe genug sei, dem Teufel beim Arbeiten zuzuhören.

Blau

Mûrville, 3. Juni. Sonntag.
Gestern wieder zuviel getrunken, allein, blau gewesen, mûr, reif, wie die Normannen zu einem sagen, der nicht mehr stehen kann. Nehmen wir zu meinen Gunsten an, es war der salzige Wind, der mich so durstig gemacht hat. Seit gestern blüht der Flachs auf den Feldern, Lin heißt er hier, Lein, dieses rätselhafte Blau, das sich hinter dem Haus bis zum Horizont dehnt. Vorne das Meer, hinten der Flachs, das Haus meines Galeristen hat wirklich eine spektakuläre Lage. Hoch oben auf den Falaises reckt es seine normannische Fachwerkfassade dem Wolkentheater entgegen und dem ewigen Wind, sechzig Meter über dem Atlantik, der die Kreidefelsen unterspült, abnagt, winters mit Springfluten anfällt, in der weißen Gischt die Artillerie seiner Strandsteine hochschleudert und tonnenschwere Felsbrocken aus der Küste reißt.

Jedes Frühjahr bricht ein Stück von der Krone der Falaises und rutscht ab, der Strand wird von immer neuen zertrümmerten Burgen besiedelt. In spätestens fünfzig Jahren wird dieses kostbare, dem Horizont zugewandte Haus mitsamt seinen spitzen Schiefergiebeln, seinem nach Ost und West verglasten Dachatelier, den ochsenblutbraunen Mauerbalken und umlaufenden Friesen aus Flintsteinen, seinen weiß gestrichenen Holzbalkonen und der ockerfarben geklinkerten Terrasse auf den Steinstrand stürzen, und von der eingeschnittenen Badebucht aus wird man vor den Kreidefelsen die Trümmer in der Ebbe liegen sehen. Immerhin hat es dann zweihundert Jahre gehalten. Oben werden die Leinfelder bis an die Kante reichen – und ihr Blau wird mit dem Malachitgrün des Ozeans zusammenstoßen. Ich werde das nicht mehr sehen können. Also muß ich es vorher malen.

Zum vierten Mal in fast zehn Jahren halte ich mich hier auf. Mehr denn je sehe ich im Meer, das an den Kreidefelsen frißt, den tröstlichen Tod, der sich mein rastloses Leben einverleibt, bis er es ganz in Ruhe verwandelt hat. Wenn es mir gelingen sollte, jenes Blau und das unergründliche Meergrün so aneinanderschlagen zu lassen, daß Blühen und Vergehen nur zwei Farbtöne derselben Fläche sind und daß der Betrachter dies an der Berührungslinie von Flachs und Ozean erkennt – dann werde ich das Bild »TodLeben« betiteln und mit neuer Zuversicht nach Hause fahren.

Während ich dies notiere, nähern sich über die

schmale Teerstraße zwischen den Felder die beiden Mädchen auf ihren hochbepackten Fahrrädern dem Haus. Von meinem Atelier aus kann ich sie schon seit einer halben Stunde sehen. Auf der schwarzen Linie in dem wogenden Leinblau kämpfen sie sich gegen den Wind voran, und das harte Meereslicht fängt sich in ihrem Haar. Julie, wurde mir gesagt, ist blond, Anna hat rote Haare. Anna kenne ich seit ihrem fünften Lebensjahr. Sie muß jetzt zwanzig sein. Damals hat Georg die ersten Bilder von mir verkauft, ich war noch nicht berühmt, noch bezahlbar, und die Galerie war grade mal zwei Kellerräume groß. Vierzehn Jahre ist das her, ich war eben vierzig und konnte nicht ahnen, daß ich einmal dieses verdammte Flachsblau verfluchen würde, weil ich es einfach nicht hinkriege. Obwohl die Tubenfarben, wie zum Spott, nach Leinöl riechen!

In einer Viertelstunde werden die beiden hier sein und im ersten Stock das Zimmer neben meinem beziehen. Angeblich werden sie mich bei meiner Arbeit nicht stören, weil sie sich nicht für Malerei interessieren. Ich brauche ja Ruhe. Ruhe! Darum bin ich hergekommen. Ohne meine Familie. Darum habe ich Katrin und Georg um ihr Haus gebeten. Ruhe! Und nun schicken sie ihre Tochter Anna und deren Freundin Julie her.

»Du hast doch nichts dagegen? Sie werden sich sehr zurückhalten, fast immer am Strand sein, dir sogar mal was kochen, natürlich mußt du sie in die Badehütte lassen, und vielleicht fahren sie ab und zu mit dem Boot raus, aber sie brauchen keine Hilfe, sie können beide segeln, also sie werden dir keine Mühe machen und dich nicht ablenken. Sie kommen mit dem Fahrrad, irgendwann in den nächsten Tagen, geht das?« – »Natürlich geht das, Katrin. Es ist euer Haus, und ich werde mich nicht irritieren lassen.«

Warum zum Teufel habe ich nicht gesagt: «Es geht absolut nicht, ich brauche Ruhe, Ruhe, Ruhe! Und wenn du das nicht verstehen kannst, Katrin, laß es dir von Georg erklären!«

Es ist dieses Blau. Immer schon haben falsche Entscheidungen in meinem Leben mit Blau zu tun gehabt. Vielleicht mache ich mir auch unnötig Gedanken. Wir werden sehn.

Sie kommen langsam voran, der Wind will sie von mir fernhalten, zerrt an ihren Rucksäcken und Satteltaschen, sie ducken sich über die Lenkstange und treten tapfer in die Pedale. Sie sind jung und wissen noch nicht, daß der Wind uns alle eines Tages wegbläst und daß es dann nichts gibt, woran wir uns festhalten könnten.

Mûrville, Montag, 4. Juni

Eine merkwürdige Tönung, nicht königsblau dunkel, nicht ultramarin hell, Monet hat sie in seinen Seerosenbildern, sogar in seinem Eßgeschirr taucht es auf, wenn auch kräftiger als in der Nuance, die hinter dem Haus das Land einfärbt. Georg hat einen alten Brockhaus hier stehen, ich habe nachgeschlagen, utatissimum linum, der allergebräuchlichste Lein, fand aber nur die Beschreibung: »blaue Blüten an traubigem Stengel«. Ich nähere mich mit Anteilen aus Kobalt, dunklem Ultramarin, Kremserweiß – es fehlt vielleicht noch eine Spur Karmesinrot, und ich weiß nicht, ob der Grünanteil, der aus dem durchschimmernden Kraut stammt, dazwischengetupft oder als Valeur beigemischt werden muß.

Die Mädchen, was heißt Mädchen, du lieber Gott, blühende junge Frauen, die meine Töchter sein könnten, nun, sie sind sehr zurückhaltend, freundlich und hilfsbereit. Ich habe ihnen gestern eine Lotte gekocht, nichts Aufwendiges, nur in Butter und Weißwein, und sie waren dankbar, es hat ihnen geschmeckt. Wir haben dazu einen einfachen Entre-deux-Mers getrunken, sie schlucken nicht schlecht, obwohl, zwei Flaschen zu dritt, das geht. Den Calvados habe ich vorsorglich in mein Zimmer gestellt.

Auf dem Flur im ersten Stock haben wir uns artig »Gute Nacht« gewünscht, später hörte ich sie noch lachen, das leise Patschen ihrer nackten Füße auf der Treppe hinunter ins Bad, sie sind gut erzogen und putzen sich zur Nacht die Zähne.

Es ist zehn Uhr früh, ich arbeite seit einer Stunde

an der blauen Fläche, die gegen die malachitgrüne stößt. Warum mußte ich mir unbedingt die Zeit nach dem Absturz des Hauses auf den Strand vornehmen?

Neunzehn Uhr, wir waren lange unten am Meer. Auf der Fahrt bewunderten sie die grünen Tunnel zwischen den Buchen, deren Äste die Straße überwölben, und lachten auf den abschüssigen Serpentinen zur Bucht. Erstaunlich gut gelaunt, diese Jugend. In der kleinen Boutique von Madame Bours haben sie Schals, Sonnenbrillen und Hüte ausprobiert. Mit dem Blick des Malers kann ich die Figuren von Anna und Julie genießen. Nicht so mager wie bei Degas, nicht so üppig wie bei Tizian. Sie erinnern mich an Ingres' »Le bain turc«, ohne die lesbische Direktheit des Bildes. Aber es ist die gleiche Haut, deren Zartheit und Nachgiebigkeit man spüren kann. Natürlich wissen sie, wie sie wirken, warum sie die Brüste nackt unter den engen T-Shirts tragen, und den Jungen aus dem Dorf ist der neue Besuch sofort aufgefallen. Den ganzen Nachmittag lungerten sie mit ihren Mopeds in der Nähe unserer Badehütte herum. Sie kriegten kein Wort raus, starrten nur sehnsüchtig her und versenkten die Hände in den Hosentaschen.

Ich habe Anna und Julie sagen müssen, daß in der Bucht »Oben ohne« nicht gern gesehen wird. Frankreich ist ja allgemein sehr prüde. Den Jungen hätten sie gewiß eine Freude gemacht, aber die Bikinis sind ohnehin so knapp geschnitten, daß man kaum mehr etwas wegphantasieren muß.

Julie ist ein heller Typ, in dem sich etwas seltsam Kräftiges mit der sehr weißen, da und dort pfirsichrot leuchtenden Haut, dem blonden Haar und den grünen Augen verbindet. Ich habe das mehrfach gesehen: Frauen, die farblich zart sind, nur für Aquarell geeignet zu sein scheinen und dennoch eine Schwere im Körper tragen: glühende, gewölbte Stirnen, in den runden Fleischformen etwas Starkknochiges verborgen, das nach Holzschnitt verlangt. Ich bin sicher, sie hat nicht soviel Licht in sich, wie der erste Eindruck vermuten läßt, innen ist sie dunkler als Anna, und ihr breitgeratenes Becken wird ihr, wenn sie alt ist und Kinder gehabt hat, einen schiebenden Gang bescheren.

Anna hingegen ist vom Bau und den Bewegungen her schmal und leicht. Nicht Elfe, aber Erdgeist. Einen halben Kopf größer als Julie. Eine Baumfigur, während Julie eine Pferdfigur ist. Immer wieder finde ich erstaunlich, daß Menschenbäume so beweglich sind und Menschenpferde so ortsverhaftet. Übrigens auch unter Männern.

Der Rost-Ton von Annas Haar, die dunkelbraunen Augen, die Tiefe haben, und der Olivschimmer ihrer Haut scheinen sie zu einem düsteren, gewichtigen Wesen zu bestimmen – aber sie ist heiter, frei, klug und übermütig, nicht von griechischem, eher von arabischem Stolz, und wenn ich sie in Öl malen müßte, würde ich die Farbe sparsam, mit Malmittel verdünnt auftragen, womit sie durchscheinend wird wie eine Lasur. Anna, das einst vertraute Kind, ist mir mit ihrer zunehmenden Schönheit fremd geworden. Sie begegnet mir, als wäre sie nicht mehr Georgs Tochter. Man findet ihren Typ auf den Bildern von Léonore Fini, doch hat die Fini ihn nicht begriffen: Frauen wie Anna sind nicht dekorativ, sie gehören zur Gotik, die dunkel war – was wir immer vergessen. Anna sehe ich auf einer Brücke stehen. Und Julie? Man könnte sie in eine Naziidylle einfügen, Bauerngarten, ein paar Gänse zwischen Blumen, fünf blonde Kinder am Rockzipfel und einen Breker'schen Holzknechttyp an der Seite. Aber wo gehört sie wirklich hin? Nicht in die germanischen Sümpfe, ich würde sie in die Farben der isländischen Vulkane stellen.

Noch immer umgibt das Leinblau, durch das sie herkamen, ihre Gestalten wie eine Aura. Ein rätselhafter Schimmer auf ihren Konturen.

Da ich mir vorgenommen habe, in diesem Tagebuch, das zu meinen Lebzeiten außer mir hoffentlich niemand lesen wird, ehrlich zu sein, gebe ich zu: Ich hätte, als die beiden sich in der weißen Badehütte umzogen, gern zugesehen – tatsächlich aber habe ich sie darauf aufmerksam gemacht, daß sie die Flügeltüren schließen müssen.

»Dann ist es aber dunkel da drin!« sagte Anna.

»In der Rückwand gibt es ein kleines Schiebebrett, wenn du das zur Seite ziehst, fällt genug Licht herein. Wenn Madame und Monsieur Marés kommen, denen die Hütte links gehört, und sehen, daß ihr euch bei offenen Türen splitternackt auszieht, hat Mûrville einen Saison-Skandal, und ich kann meine Zelte abbrechen, ganz abgesehen davon, daß dann deine Eltern hier nirgends mehr eingeladen werden. Und wenn Madame Arbre, der seit dem Tod ihres Mannes die Hütte rechts gehört, plötzlich mit den beiden Jack-Russel-Hündchen auftaucht, wird sie mit ihrem Regen-Sonnen-Schirm auf mich einschlagen, falls sie euch nackt sieht. Sie ist der Meinung, daß alle Männer ständig Prügel brauchen, weshalb sich ihr eigener früh ins Jenseits entzogen hat.«

Sie ließen die Tür einen Spalt offen, und ich wandte mich dem Meer zu. Aber etwas in mir drehte sich und blickte in die Hütte zurück.

Wir werden jetzt essen gehen, in die »Sirène«, mal sehen, was die Mädchen von Schalentieren halten.

Nachts, kurz vor 23 Uhr. Atelier. Beide zupften die indischgelben (genau: Helio Echtgelb–dunkel) Moules normandes in Crème-fraiche-Sud aus ihrer Schwarzen Schale, leckten die weiße Soße ab, bevor sie sie aßen, schlürften die Austern langsam und laut, pulten die Muskeln der Tourteaux und Meeresspinnen zärtlich aus den Zangen und lutschten das Fleisch so genüßlich, zogen mit so auffälligem Interesse die saftglänzenden Muskelschwänze der Seeschnecken aus den Gehäusen, um sie in die bleiche Mayonnaise zu tunken und mit kräftigem Schmatzen zwischen ihre Lippen zu saugen, daß wir im Restaurant auffielen und man zu unserem Tisch hersah, manche Herren belustigt oder neidisch, die meisten Damen mißbilligend, eine, sichtlich empört, bat für sich und ihren Mann um einen anderen, entfernteren Tisch. Die zur Schau gestellte Lust war mir peinlich, und doch genoß ich sie sehr. Auf der Heimfahrt saß Anna vorn und lehnte sich zu mir herüber. Sie schien müde zu sein. Ich spürte ihr Haar an meinem Hals. Unabsichtlich berührte ich ihr Knie, als ich in den vierten Gang schaltete.

5. Juni, Vormittag.
Telefonat mit Zuhause. Die Töchter o.k. Zwei Fünfen in Französisch, kindliche Rache für Vaters Egoismus. Sabrina wie immer: unzufrieden mit dem lästigen Alltag, klagend über die Kinder und vielfältig leidend. Ich muß wenigstens ein paar spektakuläre Kunstprodukte heimbringen, damit meine Abwesenheit gerechtfertigt erscheint.

Kam heute früh ins Bad und dachte, um acht Uhr hätte ich es noch für mich, da zog Julie den Plastikvorhang vor der Dusche auf, stieg naß heraus und sagte locker: »Hallo, guten Morgen?« Mit einer leichten Stimmhebung am Ende, als müsse noch etwas kommen. Ich drehte mich zum Spiegel überm Waschbecken und sah meine Zungenspitze zwischen den Lippen.

Ich wandte mich Julie wieder zu, und als hätte sie darauf gewartet, nahm sie das Badetuch so zögerlich vom Haken, ohne es vor sich zu halten, daß ich ihre großen, sich zur Mitte hin kaum verdunkelnden, nur auf ein sehr zartes Englischrot–hell konzentrierenden Brüste betrachten konnte, von denen das Wasser abperlte. Sie hat einen hübschen kleinen Rubens-Riegel aus Fett unter dem Bauchnabel, und ihre Scham wölbt sich unter flachsblonden, dünnen Locken rosig und prall, ähnlich pfirsichfleischig wie Peter Fendi sie in seinen Wiener Zyklen 1835 gemalt hat und Rodin 1900 in seiner »Kurtisane«.

Sie sah, daß ich sie studierte – natürlich nur mit dem analytischen Blick des Malers, ich habe schließlich schon weit erregendere Formen an Modellen in der Akademie betrachtet, ohne die Kunst zu vergessen – , und sie spürte, daß ich mich nicht von ihr lösen konnte. Ihr glitt das Badetuch aus der Hand, und sie sah mich ruhig an – nicht auffordernd, sondern fragend und ernsthaft, als ob sich in diesem Augenblick etwas entscheiden müßte. Ich blickte zu Boden, sagte: »Entschuldigen Sie«, und lief aus dem Bad. Ich hätte mich ohrfeigen können. Ein Mann Mitte fünfzig, âge mûr, läuft im entscheidenden Augenblick wie ein Schuljunge davon. Und ich haßte meinen dunkelblauen Pyjama.

Nacht.
Ich habe den ganzen Tag an dem Grün-Blau-Bild »TodLeben« zu arbeiten versucht, überwiegend aber stumm und ratlos vor der Leinwand gesessen. Die Mädchen waren am Strand.

Es ist kurz vor Mitternacht. Absolute Stille. Bis auf die kleine Schreibtischlampe habe ich das Licht gelöscht, sitze hier unter dem Dach und sehe durch die verglasten Flächen hinaus. Der Vollmond hängt noch als riesige, zinnoberrote Scheibe dicht über den Leinfeldern. Bald wird er steigen, klein und weiß werden und den Atlantik mit Lichtsplittern bestreuen.

Übrigens duzen Julie und ich uns seit heute. Ich habe am Abend wieder gekocht, Côte de Bœuf und Haricots verts, dazu einen 91er Pomerol, Chateau L'Enclos, den die jungen Damen weggetrunken haben wie irgendeinen Rouge ordinaire. Drei Flaschen muß ich Georg ersetzen. Nach dem Essen hob Anna ihr Glas und sagte: »Ich find es blöd, daß wir uns duzen, und Julie und ich auch, nur ihr beiden nicht, also!« Julie lächelte, hob ihr Glas, wir tranken einander zu, sie stand auf, kam um den Tisch und küßte mich auf den Mund. Anna klatschte Beifall. Ich muß zugeben, daß ich verwirrt war.

6. Juni
Eine entsetzliche Nacht. Ich träumte, daß Anna und Julie in mein Zimmer kamen und sich zu mir ins Bett legten. Das französische Bett von Georg und Katrin: Ich schlief darin mit ihrer Tochter und deren Freundin! Mir war bewußt, was ich tat, meine Frau würde sich scheiden lassen, mir die Kinder nehmen, Georg würde seinen Galerievertrag lösen, lauter Katastrophen. Vielleicht war Julies Vater gewalttätig und trachtete mir nach dem Leben. Ich träumte weiter, daß wir am Morgen zu dritt hinaussegelten mit Georgs 470er, draußen ging ich hart an den Wind, machte eine Halse, ohne das Schwert vorher einzuziehen, und das Boot kenterte wie geplant. Ich sah Anna und Julie ertrinken und klammerte mich am Mast fest. Ich wußte, irgendwann würde »Monsieur le Régisseur«, der den Strand unter sich hatte, mich mit seinem Fernglas entdekken und das Motorboot schicken.

Schweißgebadet erwachte ich als Mörder, nach einer Schrecksekunde glücklich darüber, daß alles nur Traum war. Und doch konnte ich ihnen beim Frühstück nicht ins Gesicht sehen und kündigte an, den ganzen Tag im Atelier verbringen zu wollen. Ein wolkenloser Sonnentag. Unter dem Dachglas brütende Hitze.

Habe das »TodLeben«-Bild beiseitegestellt und einen Akt angefangen, meine Frau aus der Erinnerung, sie ist mir deutlich vor Augen, wie oft habe ich sie gezeichnet und gemalt. Aber schon bei den ersten Linien ihres Körpers, die der Fettstift auf die Leinwand zog, erkannte ich, daß es Julies Körper war, den ich da entwarf. Entsetzt brach ich die Arbeit ab.

Aus dem Fenster meines Zimmers im ersten Stock sah ich, daß beide nicht ans Meer gefahren waren, sondern sich auf die Terrasse gelegt hatten. Auf den veilchenblauen Badetüchern, die zum Haus gehören, lagen sie nackt auf dem Rücken, entspannt, dem überklaren Licht der Küste geöffnet. Ihre Haut glänzte von Sonnenöl, sie lagen da wie in Erwartung, ich spürte mein Blut im Hals pulsieren. Verwirrt fühlte ich den Wunsch in mir wachsen, diese Körper zu berühren. Ich trat einen Schritt zurück ins Zimmer und rief durchs offene Fenster: »Anna, Julie! Es ist Segelwetter! Macht euch fertig, wir fahren ans Meer!«

Abend.
Ein Segeltag ohnegleichen. Genau die richtige Brise, um das Boot schnell laufen zu lassen, aber ohne Anstrengung zu steuern, es lag wunderbar ruhig und zog gleichmäßig durch die Wellen, die weich und lang waren. Der Wind, warm und nicht böig, sprang nicht um, ein beständiger leichter West, gegen den man nach draußen kreuzen und vor dem man mühelos zur Küste zurückfahren konnte. Anna und Julie kennen sich aus, die

Handgriffe sitzen, zeitweise konnte ich mich sogar ausruhen und die Veränderung der Meeresfarben beobachten. Anna hielt die Pinne, Julie die Fock. Folgsam hatten sie nach kurzem Murren die Schwimmwesten über ihre Hemden gezogen und verschnürt. Als hätte der gleißende Himmel dem Atlantik alles pflanzliche Grün entzogen, leuchtete das Wasser zwischen Türkis und Preußischblau und löste sich hinter einem dunstigen Horizontstreifen in den Himmel auf. Ich wollte es zuerst nicht glauben, doch dieser Streifen schimmerte eindeutig so blau wie die Blüten des Flachses.

Als wir aus Sichtweite der Küste waren und die Kreidefelsen am Rand des fernen Landes wie eine Reihe Pferdezähne leuchteten, stellte Anna das Boot in den Wind, und Julie ließ die Fock los. Anna verkündete, ihr sei zu heiß, sie müsse kurz schwimmen, und sie löste das Fall des Hauptsegels. Es half nicht, daß ich protestierte, es sei gefährlich, das Boot zu verlassen, weil es auch unaufgetakelt weitertreibt und manchmal kaum wieder eingeholt werden kann – sie hatten schon beide die Schwimmwesten abgelegt, die Hemden, die kurzen Hosen, die Turnschuhe, und glitten nackt ins Wasser.

Mir war so heiß wie noch nie draußen auf dem Meer. Ich zog Schwimmweste und Polohemd aus, ließ das Boot auf der Stelle kreisen, glücklicherweise war die Strömung nicht stark, und die Mädchen entfernten sich nicht weit. Anna kehrte als erste zurück. Wie ich vermutet hatte, kam sie nicht aus eigener Kraft ins Boot, ich mußte zupacken und sie auf den Rand heben. Für einen Augenblick hielt ich sie an mich gedrückt und spürte ihre Brüste. Dann kam Julie, die sich, an Deck gehoben, erschöpft in meine Arme sinken ließ. Ich hatte nicht die Kraft, sie wegzuschieben, ihre Haut war vom Salzwasser kühl und glatt, ich blickte auf zu Anna, die, um das Schwanken des Bootes auszugleichen, breitbeinig über dem Schwertkasten stand und sich abtrocknete. Sie lächelte, als sei sie damit einverstanden, wie die weiße Julie in meinem Schoß ruhte. Anna hatte in den wenigen Tagen Farbe bekommen, auch die Spitzen ihrer Brüste schienen nachgedunkelt und hoben sich in dem fast schwarzen Casslerbraun, das sie hier »Terre de Cassel« nennen, selbstbewußt zum Licht. Sie schob den Querbaum zur Seite und trat auf mich zu, so nahe, bis ich das Dreieck ihrer schwarzen Locken dicht vor mir sah. Tropfen glitzerten in dem Gekräusel. Ich ließ den Kopf nach vorn sinken und lehnte meine Stirn ins Haarnest. Anna legte ihre Hand um meinen Hinterkopf und drückte mich an sich. Ich roch das Meer. Julie nahm meine Hand und hob sie sich auf die Brust. Sie war kühl.

Weiter geschah nichts.

Als wir in die Bucht zurückgekehrt waren, das Boot abgetakelt, mit der Seilwinde über den Steinstrand zu seinem Liegeplatz auf der Mole verbracht und an den dort eingelassenen Eisenring gekettet hatten, ließen die Mädchen mich zuerst in die Hütte, damit ich mir trockene Sachen anziehen konnte. Die Badehäuschen links und rechts waren offen, Madame und Monsieur Marés und auch Madame Arbre mit ihren beiden Hündchen waren gekommen, hatten Klappstühle in den Türschatten gestellt und starrten aufs Meer. Ich grüßte, schloß die Hütte fest hinter mir zu, stand im Dunkel, tastete nach meinen Kleidern am Wandhaken und stellte mir vor, hier mit Julie und Anna allein zu sein.

Donnerstag, 7. Juni
Morgen. Im Haus ist noch alles ruhig. Gern würde ich meinem Tagebuch anvertrauen, daß ich stark und vernünftig bin. Das Gegenteil ist wahr. In der vergangenen Nacht kam der Traum wieder. Der Hitze wegen hatte ich keinen Pyjama angezogen, ich hörte die Zimmertür knarren, dann schlüpfte links und rechts jemand unter die Bettdecke. Eine Hand legte sich mir auf den Mund, Hände griffen nach mir, und ich glaubte, noch nie in meinem Leben so zärtlich berührt worden zu sein. Ich wollte nicht widerstehen und verlor alle vernünftige Vorsicht. Was ich dann träumte, war ein Lust-Taumel, ein Strudel aus Lippen, Zungen, und ich überließ mich dem Wechsel, in dem beide Mädchen mich nahmen und einander übergaben, hatte bald jedes

Maß früher erlebter Erregung überschritten, und mir schien, daß ich mit ihren Leibern zusammenwuchs. Die fließende Wärme, die Weichheit ihrer Brüste, die Gleichzeitigkeit ihrer Körper raubten mir die Orientierung, welche der beiden mich umfing und aufnahm, wen ich mit meinen Händen erkundete und in wessen Tiefe ich vorstieß. Wir fanden zu gleichen Atemwellen, aus denen sich gedämpfte Erlösungsschreie hoben und die sich noch immer wiederholende und erneuernde Lust bestätigten – bis wir, vor Nässe glatt, übereinandersanken, Anna und Julie von mir wegrollten, die Intervalle meines Atems länger wurden. Bevor ich einschlief, verließen meine Traumgeliebten das Bett und gingen zurück in ihr Zimmer.

Mittag.
Es fällt mir schwer, aufzuschreiben, was ich doch nicht verschweigen kann: Es gibt Anzeichen, die mir nahelegen, mein gestriger Traum sei kein Traum gewesen. Julie und Anna sind vollständig verändert. Sie haben zum ersten Mal, seit sie hier sind, das Frühstück bereitet, frisches Baguette aus dem Dorf geholt, den Tisch gedeckt, und sie betrachten mich beide so liebevoll und mit einer Wärme, die mir neu an ihnen ist. Ich bin ratlos. Habe ich gestern abend, als wir noch eine Stunde am Küchenkamin vor dem Feuer saßen und plauderten, so viel getrunken, daß ich die Wirklichkeit nicht mehr

vom Traum unterscheiden konnte? Ich weiß nicht, wie viele Gläser Calavados es waren. Eine halbe Flasche. Und wieviel davon ich? Anna saß mit offenhängender Bluse am Frühstückstisch, ich konnte ihre aufgereckten Brüste sehen und bat sie, die Knöpfe zu schließen. Julie sah mich erstaunt an.

Was ist geschehen gestern nacht? Ich beginne, auf mich wütend zu werden. Wenn ich mir vorstelle, meine Töchter sind zwanzig, und ein fünfunddreißig Jahre älterer Kerl fällt über sie her, ich würde ihn wahrscheinlich abknallen. Und Sabrina? Ich weiß, daß ihre Lust an Treue gebunden ist. Sie würde verstehen, was hier geschah, aber nie verzeihen.

»Kommst du mit ans Meer?« fragte Anna.

»Ich muß arbeiten, geht ihr nur.«

»Wir bleiben auch«, sagte Julie, »du mußt schließlich was essen, und die Sonne ist hier oben genauso schön wie am Strand.«

Ihre Fürsorge war mir unheimlich. Ich floh ins Atelier. Der Blick zur Ostseite traf auf jenes Blau, das an meiner Verwirrung schuld war: die Leinblüte hatte ihren höchsten Stand erreicht, sie war reif, mûr, kein blauer Schimmer, sondern eine satt gefärbte Fläche wie auf meinem Bild. Das Blau auch kräftiger, weniger durchscheinendes Grün. Ich hielt meine Palette ins Licht und verglich den Ton, den ich gemischt hatte, mit der Wirklichkeit, und auf einmal wußte ich, was meiner Farbe fehlte:

das in den Blüten widerscheinende Licht dieses Tages. Ich bestimmte den Luftton und mischte ihn bei, ängstlich, denn nun kam, wenn auch nur in homöopathischer Dosierung, Neapelgelb hinzu. Das Ergebnis war beglückend: Ich hatte die Farbe des Flachses gefunden! Die vierte Version des »TodLeben«-Bildes konnte begonnen werden.

Mûrville, Freitag, 8. Juni
Morgens halb acht. Sie haben mich gestern abend gebeten, daß ich sie male. Meinen Einwand, daß ich kein Porträtist sei, ließ Anna nicht gelten: »Ich habe kein Aktbild von mir, und Akte kannst du doch, oder?«

Ich werde ihnen also heute erlauben, in mein Atelier zu kommen, und ihnen die neue Version von »TodLeben« zeigen. Ich habe Angst.

Kurz vor Mitternacht.
Sie kamen am Vormittag, zogen sich aus, und ich setzte sie auf die Chaiselongue. Ich entschied mich für Pastellkreide, malte die weiße Julie königsblau, die braune Anna malachitgrün. Ich malte Julies Haar rot wie das von Anna, und Annas Haar malte ich hellblond wie das von Julie. Ich malte rasch, konzentriert, mit dicken Wischstiften und feinen Linien, fünf Bilder entstanden. Julie und Anna saßen geduldig Modell. Dann lehnten sie sich zurück in die Kissen, ließen die Knie auseinanderfal-

len, und ich sah Rodins »Ewigen Tunnel« und malte ihn, den hellen und den dunklen, wie Courbet 1866 »L'origine du monde« gemalt hat.

Als ich die Bilder mit Fixativ besprüht hatte und sie ihnen zeigte, bat Anna, sie behalten zu dürfen, Julie und sie würden sie unter sich aufteilen. Ich vertröstete Anna auf den Abend.

»Heute abend kochen wir beide«, sagte Julie. »Du mußt um acht fertig sein, okay?«

Sie zogen sich an und verließen das Atelier. Ich legte mich auf die Chaiselongue und schlief für eine Stunde. »TodLeben« habe ich ihnen nicht gezeigt. Mittags fuhren sie nach Étrétat zum Einkaufen, gegen halb fünf fingen sie mit dem Kochen an. Um acht saßen wir, zum Dîner umgezogen, an der mit weißem Tischtuch gedeckten Tafel auf der Terrasse, die tiefstehende Sonne fing sich in den Gläsern, Anna und Julie trugen zu ihren Jeans Seidenblusen, die sie in Étrétat erstanden hatten, und sie drängten mich, ein Jackett anzuziehen.

Nach frisch gekochter Tourteau zum Hors d'œuvre servierten sie Loup de mer auf Fenchelgemüse, dann Lammschulter, gefüllt mit Lammnieren, Rosmarin, Thymian und Knoblauch, wozu es gedünsteten Broccoli und Kartoffelkroketten gab. Wir begannen mit Champagner, zum Fisch hatten sie einen trockenen Bordeaux kaltgelegt, zum Lamm fand ich in Georgs Weinkammer einen 90er Médoc von Delon-Liquard, Château Potensac. Als die Sonne auf dem Horizont des glühenden Meeres aufsetzte, zündete Julie die Kerzen an.

»Schenkst du uns nun die Bilder?« fragte Anna, und ich nickte.

»Noch eine Bitte«, sagte Julie, »bevor ich das Eis bringe. Es gibt übrigens einen Coupe Colonel, Limonensorbet mit Wodka.«

»Und den kriege ich nur, wenn ich deine Bitte erfülle?«

»Ja«, lachte sie. Es fällt mir schwer aufzuschreiben, was sie dann sagte, und ich zögere, weil das Tagebuch jemandem in die Hand fallen könnte. Aber ich habe mir vorgenommen, ehrlich zu sein. Julie sagte also: »Wir möchten, daß du heute nacht zu uns kommst, so als wolltest du uns im Schlaf überraschen. Und wir möchten, daß du uns bis morgen früh nicht mehr verläßt.«

»Es ist unsere letzte Nacht«, setzte Anna hinzu, »wir müssen morgen zurück.«

Ich sagte: »Ihr solltet das mit einem alten Mann nicht machen.« Ihr Gelächter war schmeichelhaft, Julie brachte das Sorbet, wir sahen schweigend zu, wie die Sonne, zur Elipse verformt, immer schneller hinter den Atlantik sank, und als ihr letzter glimmender Schnitz abgerutscht war, stand Anna auf und ging in die Küche, um Kaffee und Cognac zu holen. Julie sah über die Kerze zu mir her, ihr Kopf hob sich gegen das graue Rosa des Himmels klar ab. »Findest du mich schön?« fragte sie.

»Ja. Warum müßt ihr morgen schon fahren?«

»Weil es übermorgen zu spät wäre«, sagte Anna, die mit dem Tablett in der Hand aus der Terrassentür trat. »Übermorgen kämen wir vielleicht nicht mehr weg.«

Ihr rotes Haar erhielt vom Abendhimmel einen violetten Schimmer, ihre Augen waren noch dunkler als sonst. »Du weißt, wie ich das meine?«

»Vielleicht ist es besser, ich bringe euch jetzt noch in ein Hotel.«

»So grausam bist du nicht«, sagte Julie, und ich entgegnete: »Aber so ängstlich.«

»Sei unbesorgt«, sagte Anna. »Was wir hier tun, geht niemanden etwas an. Diese Woche gehört auch keinem einzelnen von uns, sie gehört uns nur zu dritt. Sie wird sich nie wiederholen, und wir werden sie nie vergessen.«

Ich habe die Aktbilder gerollt und in einen Pappköcher gesteckt. Sie sind nicht signiert, nicht datiert. Aber wenn sie Georg in die Hände fallen, wird er natürlich erkennen, wen sie zeigen und wer sie gemalt hat. Ich lege ihnen den Köcher auf den Küchentisch. Es ist weit nach Mitternacht. Anna meinte, bis gegen eins würden sie alles gepackt haben. Ich werde, wenn sie das Licht löschen, zu ihnen gehen und so tun, als wollte ich sie im Schlaf überraschen. Ich weiß, daß ich nicht gehen sollte. Aber alles in mir fiebert danach.

9. Juni, Samstag, mittags.
Als ich allein in ihrem Bett erwachte, war es schon nach elf. Ich sah das Sonnenlicht vor dem Fenster, und ich fühlte mich glücklich und ausgeruht wie schon seit Jahren nicht. Die Erinnerung rollte als Farbenwoge durch meinen Körper. Über diese Nacht mit Anna und Julie werde ich nichts notieren, sie ist nicht beschreibbar, wir waren unsere eigene Droge. Ich werde diese Nacht malen, und das Bild, dessen Format ich mir nicht groß genug denken kann, wird so prall von Leben sein, daß alle, die es betrachten, sich nach Erneuerung sehnen werden. Endlich wende ich mich ab vom Tod, der immer in meinen Bildern war. »TodLeben« werde ich nicht vollenden, mich interessiert nicht mehr, ob dieses Haus in fünfzig Jahren von den Klippen stürzt; ich genieße es jetzt, ich wünsche ihm ewigen Bestand.

Als ich hinunter in die Küche kam, sah ich die gebogenen Aschen-Schelfe der Malpappen im Kamin. Der Bilderköcher lag leer auf dem Tisch. Die beiden Mädchen waren schon aufgebrochen. Ich jagte die Treppen hinauf und hielt im Atelier Ausschau nach Osten: zwischen den flachsblauen Feldern wand sich schwarz und leer die Teerstraße. Wie weit waren sie schon auf ihren Rädern gekommen? Diesmal hatten sie Rückenwind.

Ich sehne mich nach ihnen. Es beginnt, weh zu tun. Ich werde am Meer spazierengehen und darauf warten, daß es meine Erinnerung wegspült. Das Meer hat mir immer gutgetan.

Abend.
Es ist, wie ich vermutet habe: Ich habe letzte Nacht eine Grenze hinter mir gelassen. Und ich weiß nicht, ob ich zurückkehren kann.

Vor einer Stunde rief Katrin an, um mir mitzuteilen, daß Anna und Julie erst kommende Woche eintreffen, weil ihre Prüfungsvorbereitungen länger gedauert hätten als geplant.

»Ich hätte es dir gern früher gesagt, aber sie haben es Tag für Tag hinausgeschoben. Du weißt ja, wie die jungen Leute sind. Am kommenden Mittwoch also erst, du hast noch ein bißchen Ruhe vor den Gören«, lachte Katrin, »warum sagst du nichts, bist du enttäuscht?«

Ich stammelte irgend etwas und legte auf. Jetzt sitze ich im Atelier und warte auf das Ende des Tages. Das Telefon läutet. Wahrscheinlich Georg, der sich Sorgen macht. Oder Sabrina, die mir erzählen will, daß unsere Töchter ihr auf die Nerven gehen. Ich hebe nicht mehr ab.

Unten klingt das Lachen von Anna und Julie durchs Haus. Es wird nie vergehen. Die Dämmerung legt sich auf die Leinfelder, und das Blau der Blüten fängt an, von innen her zu leuchten. Dieses schöne, unheimliche, rätselhafte Blau.

Das Ende des Fatalisten

»Oh, glauben Sie bloß nicht, was Jacques Ihnen auftischt! Jacques ist ein Schwätzer, ein notorischer Lügner, ich sage Ihnen, er macht den Mund auf, und die Lügen schwärmen von seiner Zunge wie die Fliegen aus einem toten Pferd. Nein, ihm auch nur eine Silbe zu glauben, was rede ich, einen Laut! Schon wenn er rülpst, lügt er! Ihm zuzuhören, das ist, als stünde die Welt auf dem Kopf, auf seinem Kopf, Jacques und die Wahrheit, das ist Hölle und Himmel, ach, wenn Sie wüßten, wie erschöpft ich bin von seinen dauernden Lügen...«

Madame lehnt sich zurück. Der Korbstuhl knarrt und klagt. Sie schließt die Augen. Durch die Fenster des Wintergartens fließt jetzt Honiglicht, und die ölig schillernden Fliegen surren tiefer und leiser. Ihre rasenden Mittagsanflüge gegen die Scheiben haben sie aufgegeben.

Schläft Madame? »Nein, gehen Sie nicht, bleiben Sie, verlassen Sie mich noch nicht, die Wahrheit ist schwierig, wenn man alt ist, tatsächlich wird mit den Jahren alles nur schwerer durchschaubar, ich liebe Jacques, ach was liebe, ich verehre ihn, ein wundervoller Mann, ein Leidender, habe ich gesagt, er sei verlogen? Nein nein, ganz und gar nicht, er ist ein Poet, begreifen Sie? Die Welt genügt ihm nicht, wie sie ist, er muß sie verwandeln, er ist ein Kind, und wer weiß, ein Gott?«

Ihre rechte Hand hebt sie zum Herzen, schiebt ihre Brüste zurecht, atmet tief. »Er findet sich nicht ab, das hebt ihn heraus, das ist ja das ganze Unglück, daß alle sich abfinden...«

Ach, Madame, wie erbärmlich Sie den Besucher zu beschwindeln versuchen! Ach, Madame Lasafitte! Ihr Jacques habe sich nicht abgefunden? Und warum springt er dann, während Ihr Korbstuhl knarrt und klagt, vor den hohen Glasscheiben des Wintergartens durch die Wiese, die gelb leuchtet vor lauter Löwenzahn, und Jacques in gelbem Pullover, gelber Trainingshose, warum hüpft er, sein Schmetterlingsnetz durch den ungetrübten Himmel schlagend, ersten Kohlweißlingen nach, warum läßt er sich von ihrem Getaumel zu Ausfallschritten verführen, der dürre Jacques, der im Gelb der Wiese fast verschwindet, das weißgraue Köpfchen manchmal wie abgetrennt, ach Jacques, was für ein Mannesleben, mit einer Botanisiertrommel abgespeist, abgefunden mit allem und mit Madame, das also war's, das auf der großen Rolle im Himmel verzeichnet war, erinnerst du dich, stand da nicht: Siehe, hüpfend kam er über den Löwenzahn?

Ach, Jacques, schon erhebt sich Madame, um dich zu ermahnen, ihr das Abendessen zuzubereiten...

Ich fliehe, ich fliehe. Der Korbstuhl flieht hinter mir her, das Schmetterlingsnetz, die Botanisiertrommel, die Fenster schwanken hinterdrein, die Fliegen jagen mir nach und, schon schwach, die Stimme von Madame: »Aber so bleiben Sie doch, bleiben Sie, machen Sie mir die Freude, es ist genug da für uns beide!«

Unglaube und Allopathie

Dem anwachsenden Unglück der Welt begegnete Ludwig Liebehenschel mit der Anlage größerer Vorräte von Aspirin.

Nicht daß er selbst von tragischen Ereignissen betroffen gewesen wäre oder – abgesehen vom Zeitpunkt seiner Geburt, als man ihn mit der Zange am Kopf aus dem Mutterleib ziehen mußte – für sein Leben hätte fürchten müssen, aber von seiner behütenden und sozial engagierten Mutter zur Teilnahme an jeder Trübung der Humanität, an jeder Katastrophe irgendwo, an jedem bedauernswerten Verlust zwei Straßen weiter erzogen, litt Ludwig ohne Pause an den Beschädigungen der Menschheit, die farbig auszubreiten Aufgabe der Fernsehstationen war.

Bereits zwischen seinem siebenten und achten Lebensjahr reagierte er auf die Nachricht von Beinbrüchen unter Freunden wie auch auf die Erwähnung von Flugzeugabstürzen, Schlammlawinen und Tankerbränden mit so heftigen Kopfschmerzen, daß seine Mutter Grund sah, ihm, wohldosiert, Aspirin zu verabreichen. Bald liebte er das widerspruchsvolle Reich der Medikamente, das hinter der Tür des Apothekenschränkchens begann und neben dem Wunder schmerzmildernder Tabletten auch brennendes Jod für seine Knieaufschürfungen enthielt; und er sehnte sich nach der Rettungsgeste, mit der seine Mutter die Tür zu jener Welt der Erlösung und Desinfektion öffnete.

Noch nicht neun Jahre alt, begann er, die geringsten Zeichen von Unwohlsein mit ängstlichem Eifer an sich zu beobachten und detailliert zu beschreiben. Seine Mutter sah sich darum zu der schönen Erwartung berechtigt, daß aus Ludwig einmal ein prächtiger Hypochonder werden würde, vor dem jede junge Frau, wenn sie klug war, die Flucht ergreifen mußte.

Fühlte er sich, was seiner Jugend gemäß häufig geschah, rundum gesund und kräftig, verstand er, diese ihm unangemessen erscheinende Stimmung hinter einer Gesichts-Fassade zu verbergen, die zu einer regennassen, endlosen Straße zu gehören schien, in der ein Saxophon untröstlich Blues heulte.

Ludwigs Mutter schätzte seine bedrückte Miene, bewies sie doch, daß ihr Junge Talent zur Sorge hatte, und so ließ sie ihn im Frühling nach seinem neunzehnten Geburtstag mit der Gewißheit in die Universitätsstadt Tübingen ziehen, daß er das von ihr gewünschte Theologiestudium summa cum laude abschließen und nach etwa zehn Semestern einen sensiblen Seelsorger abgeben würde.

Ludwig war sich dessen nicht so sicher; da er aber das Unglück der Welt nicht noch um das seiner Mutter mehren wollte, befolgte er ihren Wunsch.

Einen Vater, der ihm hätte raten können, Jäger, Bomberpilot oder Henker zu werden, kannte Ludwig nicht. Der Mann, der Paul geheißen und ihn gezeugt hatte, war offenbar nur zu diesem Zweck kurz ins Leben der Mutter getreten und danach von ihr gebeten worden, das Weite zu suchen. Und wann immer die Mutter Ludwig gefragt hatte (seit seinem fünften Geburtstag tat sie dies in regelmäßigen Abständen), ob er nicht Sehnsucht verspüre, seinen Vater kennenzulernen, antwortete Ludwig klug: »Aber nein, Mama«, worauf sie mit ihrem glücklichsten Gesicht sagte: »Wie du willst, mein Junge.«

In Tübingen war Ludwig günstig im vierten Stock eines Neobarockhauses bei Frau Töfy untergekommen, einer rüstigen ungarischen Ballettmeisterswitwe, die als Kind den Kommunismus, als junge Frau den Kapitalismus und als Gattin den Ballettismus überlebt hatte und sich nun, in der Blüte ihrer frühen Siebziger, als wechselnde Untermieter junge Betroffenheits-Talente wie Ludwig Liebehenschel hielt, dessen Befähigung zu hypochondrischer Meisterschaft sie sofort erkannte.

Der Hypochondrismus war in jenen Jahren, ohne daß dies zu ideologischen Kämpfen in der Gesellschaft geführt hätte, zur verbreiteten Lebensphilosophie geworden: Viele Menschen empfanden sich in dem sie umgebenden Überfluß als Mängelwesen; und Ludwig ahnte, daß auch die zahlreichen Bitten der Witwe Töfy um seine Handreichungen ihre Ursache in der Sehnsucht nach Berührungen, nicht aber in nachweisbaren Erkrankungen hatten.

»Nun«, sagte er sich, wenn sie ihn wieder in ihr gutes Zimmer rief, damit er ihr auf dem Sofa Füße und Knie massierte oder sein Ohr an ihr Herz legte, weil sie sicher war, es habe zu schlagen aufgehört, »nun, Gott, prüft mich, ob meine Menschenliebe ausreicht. Wer weiß, warum Frau Töfy so geworden ist. Möge ich nie über einen anderen urteilen, bevor ich nicht an seiner Stelle gewesen bin.«

Ihrerseits war die Witwe um Ludwig besorgt, entdeckte früheste Anzeichen von Grippe im Abendglanz seiner Augen, sich ankündigende Nierenkoliken in der Dreiecks-Blässe um seinen Mund und bestand darauf, ihn zu Bett zu bringen, ihm einen Leberwickel anzulegen – Leberwickel waren ihr zufolge eine Spezialität der ungarischen Hirtenheilkunde – und ihm Kamillentee zu brühen.

Auch mußte sie tasten, ob die Lymphknoten in

seiner Leistengegend nicht geschwollen seien, und obwohl Ludwig all diese Untersuchungen aus Kindestagen von den mütterlichen Händen gewohnt war, betrafen sie doch nun einen nicht durch Inzesttabu gewappneten Unterleib, und Ludwig sagte sich, wenn die Witwe den Pfad der Medizin eindeutig verließ, »Gott will wohl wissen, ob ich meine eigenen Wünsche nicht denen anderer Menschen voranstelle, er sendet Frau Töfy als Prüfung, und ich will sie bestehen«; diese und ähnliche Gedanken hämmerten in seinem Kopf, bis er unter den diagnostischen Nachspürungen seiner Vermieterin das Denken einstellen mußte.

Begierig lernte sie von seiner Anteilnahme an fremdem Leid, daß fernes Unglück die Chance für nahe Gebrechen bot. Und bald zwang sie Ludwig einen gemeinsamen Rhythmus von Qual und Erlösung auf.

Inzwischen war es Sommer geworden, weltweit mehrten sich die Kriege, und Ludwig litt wie ein Hund unter den Massakern, die Menschen einander zufügten, deren friedliche Nachbarschaft seit einem halben Jahrhundert und noch kurz vor Ausbruch der unbeschreiblichen Grausamkeiten außer Zweifel gestanden hatte. Zugleich mit den militärischen traten auch wieder zivile Massenmörder auf, so daß selbst in friedlichen Städten wie Tübingen der Grundpegel der Lebensangst von Tag zu Tag stieg.

Für Ludwig hieß das, Frau Töfys Bedürfnis nach Zuwendung mit jeder Schreckensmeldung wachsen zu sehen; es gelang ihm nicht, die Witwe aus ihrem alten, einseitig verwaisten Ehebett in die Kirche zu bekommen, wo er oft genug vor dem Schmerzensmann Linderung für sein Leiden an der Welt fand; vielmehr verlangte die Vermieterin immer häufiger seine Teilnahme an weltlichen, Haut und Säfte betreffenden Verrichtungen, bis sie eines Tages von Ludwig eine Handlung begehrte, deren Folge ihn aus den Bahnen der Theologie warf und endgültig in die Gefilde der Pharmazie, genau gesagt der Allopathie, trieb.

Gegen sieben Uhr abends war er an jenem Montag im Juli aus einem Seminar zur »Exegese der Paulus-Biefe« nach Hause gekommen. Gerade hatte er gelernt, die sittlichen Zustände im griechischen Korinth seien so verderbt gewesen, daß seinerzeit ein eigenes Tätigkeitswort in Gebrauch kam, das auch in den Korintherbriefen des Apostels belegt ist. Es leitete sich vom Stadtnamen ab und hieß »κορινθιάζεσται« (korinthiázestai), was soviel bedeutete wie »herumhuren« oder auch »Unzucht treiben«. Im Gymnasium, wo man ihm mit dem Abitur Großes Latinum und Greacum attestiert hatte, war dieses Verbum den Schülern verschwiegen worden.

Aus den Tübinger Vorgärten stieg ein matter,

schwerer Blumenduft auf, und mit ihm und dem Staub der Straße vermischt lag die Abendwärme wie ein schläfriger Riese auf der Stadt. Als Ludwig in den vierten Stock zur Witwe Töfy hinaufstieg, hing er in Gedanken dem erstaunlichen Sprachphänomen »korinthiázestai« nach und dachte, wie gering die Aussicht war, daß heute für das Ausleihen pornografischer Videokassetten ein Verbum wie »tübingen« in Umlauf käme, gesetzt, eine Statistik würde den Tübingern eine besonders hohe Ausleihquote solcher Filme zuschreiben, was aber undenkbar war.

Ludwig öffnete die Wohnungstür, betrat den Flur, sah ins offen stehende Schlafzimmer seiner Vermieterin, wo die Witwe, wohl der Hitze wegen, vollständig nackt auf ihrem Bett lag – dösend, wie ihm schien; vorsichtig trat er näher, um die Tür zu schließen. Auf diesen Augenblick hatte die Entblößte gewartet. Leise jammernd ermahnte sie ihn, er komme spät, ihre Schmerzen »im Leib« seien fast unerträglich, seit sie am Morgen die Meldungen vom birmanischen Krieg und den dort abgeschlachteten Menschen gehört und dann auch noch einige geköpfte Frauen im Fernsehen gesehen habe. Zwei Gläser süßen Muskatellers und eine Tasse Beerentraubenblättertee habe sie ohne merkliche Besserung getrunken, sie kenne diesen Leibschmerz noch aus der Zeit ihrer Ehe mit dem Ballettmeister und wisse, wie er zu lindern sei: Sie habe schon alles vorbereitet, auf dem Herd in der Küche finde Ludwig den Topf, rasch, bevor der Kartoffelbrei zu kalt werde, solle er ihn zum Bett bringen, jetzt sei das »heilende Mus« gerade noch hautwarm! Ludwig spürte, wie unter den Kriegsnachrichten sein Kopfschmerz zum Sprung ansetzte, gehorchte aber seinem Mitgefühl für die sich vor Leibdrücken windende Vermieterin.

Als der Student der Theologie folgsam und mit kreisenden Bewegungen das Pürree auf dem Bauch der Witwe verstrich, ausschweifend von der eingewellten Bucht des Nabels, wandelte sich ihr anfängliches Summen in tiefer Lage unter Ludwigs Handreichungen in ein Gebrumm, dann in ein pumpendes Grunzen, das bald einem noch tieferen, gefährlich klingenden Knurren wich, und Ludwig beeilte sich, Frau Töfy ganz und gar, von den seitlich geglittenen Brüsten abwärts mit dem sämigen Kartoffelbrei zu beruhigen, der im Kraushaar unterhalb des Bauches klumpte und mit kräftigerem Druck glattgestrichen werden wollte, was die Witwe dazu veranlaßte, sich Ludwigs Hand entgegenzuheben, wobei sie mehrmals in den Ruf »Jöy-jöy-jöy!« ausbrach und Ludwig am Gürtel packte.

Da Ludwig meinte, solcher Gottesprüfung nun doch nicht standhalten zu müssen und in seinem Schädel eine kräftige Männerstimme wieder und wieder schmerzhaft laut das Wort »korinthiázestai«

rief, sann er auf Flucht. In diesem Moment aber hob Frau Töfy den Kopf, sah Ludwig vertrauend und voller Zärtlichkeit an und verwandelte sich vor seinen Augen in die schöne Gestalt ihrer Jugend, lockend gewölbt und ganz bereit, ihm die Sehnsucht zu erfüllen, die er gegen seinen Willen und zugleich mit seinem Kopfschmerz in sich aufsteigen fühlte. Er war völlig wehrlos, schlingerte auf Haut und Pürree, entglitt der Welt und wollte nur weiter in die Tiefe sinken, dem Acheron seines Graecums zu.

Als die Töfy sich entspannt hatte und eingeschlafen war, sah er voller Entsetzen, wie die junge Frau sich langsam zurückverwandelte, freilich in eine andere Alte – in eine, die er besser kannte als seine Vermieterin. Er spürte, wie sein Gehirn zu Eis wurde, während er unverwandt ins schlafende Gesicht seiner Mutter blickte. »Korinthiázestai«, rief der Apostel Paulus von der Schlafzimmerdecke. Und mit eingefrorenen Gedanken sank Ludwigs Kopf auf die Schulter der Ballettmeisterswitwe.

»Paul«, sagte Ludwig leise, »verzeih mir, Papa.«

Die ärgste der Prüfungen, die das Leben bisher für Ludwig Liebehenschel bereitgehalten hatte, meinte er, nicht bestanden zu haben. Und doch war er merkwürdig erleichtert aus dieser Umarmung hervorgegangen, denn gründlicher und schneller als sein gewohntes Aspirin hatte Frau Töfy den

Kopfschmerz aus seinem Körper vertrieben, ja ihm schien, als habe sie alles Gift aus ihm herausgesogen, das seinem Gehirn Krämpfe bereitete. Als einem medizinisch bewanderten Hypochonder war ihm sofort klar, daß dies nicht mit rechten Dingen zugegangen sein konnte. So kehrte denn auch, kaum hatte er ihr Bett verlassen, der Schmerz zurück, wütender, glühender als je zuvor. Ohne Zweifel die Strafe Gottes. Und Ludwig opferte wieder reichlich Aspirin.

Ohne irgend jemanden um theologischen Rat zu bitten, war er nun sicher, daß Frau Töfy keine vom Herrn gesandte Versuchung, sondern ein Succubus war, ein Teufelsgeschöpf, das sich ihm auf die Seele gesetzt hatte. Um seine Angst zu lindern, gewöhnte er sich an, vor dem Nachhausekommen in einer kleinen Kneipe am Weg etwas zu trinken, einen Quetsch zunächst, später dann zwei Aquavit, schließlich trat er nicht vor drei Gläsern Whisky den Heimweg an.

Auch in so ermutigtem Zustand konnte er aber den Wünschen und Verwandlungskünsten seiner Vermieterin nicht widerstehen. Im Gegenteil: Sie hatte noch leichteres Spiel. Kaum hatte sie ihm die jüngsten Greuel aus Afrika, Asien oder nordamerikanischen Großstädten in den blutigen Farben ihres Fernsehtages geschildert, stach vielpfeilig der Schmerz aus seinem Nacken hoch, Ludwig stöhnte, zu Frau Töfys mißverstehender Begeisterung, und schon entfloh er der Qual zwischen seinen Schläfen in die vom Alter abgründig gewordene Landschaft, glitt welke Schluchten hinab und suchte das Delta auf, in dem er die Beschädigung des homo sapiens durch den homo crudelis ertränken und die auf sein Gehirn einpeitschenden Brombeerranken vergessen konnte.

Alles, was er über die Psyche des Menschen gelesen hatte, bestätigte sich unmäßig an seiner eigenen. Er erfuhr sich als schrecklicher, widerwärtiger, lüsterner, strahlender, grausamer, lächerlicher, winziger, mächtiger und hilfloser, abhängiger, freier und unverschämter Mensch, und er sah diesen in größerer Gestalt, als er sie je für sich angenommen hätte. Mal um Mal jammerte Frau Töfy, daß sie unter ihm zu sterben wünsche, Mal um Mal stammelte er Treue unter ihren wiederkehrenden Konvulsionen. Sie wußten, wie aufrichtig ihre Lügen waren.

Mal um Mal verging auch sein Kopfschmerz. Und Mal um Mal kehrte er dröhnender zurück, sobald Ludwig den succubischen Wirkungskreis verließ, der, wie er feststellen konnte, nur etwa zwei bis drei Meter maß. Außerhalb dieser Aura begann die Aspirinwelt.

Der Student taumelte durch wechselnde Empfindungen, fand sich nicht zurecht zwischen Selbstverachtung, Begierde und Erlösungssehnsucht. Morgens nahm er sich vor, in ein Kloster zu fliehen, abends wußte er, daß er an den Antichrist verloren und jede seiner Handlungen ohnmächtig war.

Schamlos war die Bewegung, mit der er den Schlüssel ins Schloß steckte und darin drehte, schamlos Frau Töfys Litanei der Opfer von Aufständen, Vulkanausbrüchen, Stammeskriegen und geborstenen Dämmen jeder Art, schamlos die lässige Attitude, wenn er mit seinen Kleidern auch sein christliches Menschenbild ablegte.

Nach wie vor studierte er emsig, doch war die Theologie längst zur Qual geworden. Wiederkehrend träumte er von einem schwarzen Stier, der nur ein Horn besaß, dessen flatterndem Schatten das Tier in einem romanischen Kreuzgang nachjagte. Er gewöhnte sich an, um Kirchenportale einen Bogen zu machen.

So durchlebte Ludwig die Hitze einiger Sommerwochen, die Ferien begannen, und trotz seines bedrohlichen Seelenzustandes verließ er Tübingen nicht. Weil er die mütterliche Befragung noch mehr fürchtete als die Überfälle der Witwe, schützte er in Briefen an seine Mutter anstehende Klausuren vor, für die er im Lesesaal der Universitätsbibliothek arbeiten müsse. Das Trinken verlegte er nach Hause. Frau Töfy trank, mit ihm wetteifernd, gegen Kriege und Katastrophen an und legte sich mit ihm, den sie in einer Mischung aus Du und Sie nach wie vor »Du, Herr Ludwig« nannte, für Frieden, Freiheit und Brüderlichkeit ins Bett.

Daß die Aspirinmengen, die Ludwig danach verbrauchte, zu klinischen Einheiten aufstiegen, vertuschte er geschickt: Die Tübinger Apotheken wechselnd, hatte er sich, von Frau Töfy gelegentlich großzügig unterstützt, einen umfänglichen Vorrat des Medikaments angelegt, der sich auf dem Kleiderschrank seines Zimmers stapelte wie eine feste Burg in der Höhe. Blickte Ludwig dort hinauf, hatte er das Gefühl, daß er der Apokalypse ruhig entgegensehen konnte. Es lag sogar ein wenig Trotz in dieser Haltung.

Wie stets, wenn unruhige Zustände sich durch Wiederholung ordnen, der Alltag seinen Schrecken verliert, so fand auch Ludwig in den Ritualen und Regeln seines Lebens mit Frau Töfy endlich zu einer gewissen inneren Ruhe zurück. Man sah sich die Greuel in den Fernsehnachrichten an, wurde davon krank, heilte sich gegenseitig auf die übliche Weise, und niemand ahnte, wie aufopfernd Student und Witwe an der Rettung der Welt arbeiteten.

Die Ruhe hielt nicht lange. Ausgelöst von einer kirchengeschichtlichen Vorlesung, deren Dozent genüßlich sämtliche Greuel, für die die Kirche Verantwortung trug, durch zeitgenössische Berichte aufs blutigste ausschmückte, schossen mit Beginn des neuen Semesters wiederum Bündel glühender Nadeln in Ludwigs Gehirn. Zum ersten Mal waren es nicht die Schrecken seiner Gegenwart, sondern die der Geschichte, die ihn bis ins Mark erschütterten.

Anfangs reichten drei bis vier Aspirintabletten, zum Frühstück eingenommen, um ihm Schmerzfreiheit bis zum Mittag zu verschaffen. Bald mußte er die Dosis verdreifachen und, wechselnd mit Magenmitteln gegen Übersäuerung, stundenweise verteilen. Doch schon kurz vor zwölf flammte der gebändigte Schmerz erneut auf, Ludwig wurde übel, er stürzte aus dem Hörsaal und übergab sich noch auf dem Gang.

An eine Fortsetzung des Studiums war unter solchen Umständen nicht zu denken.

In den folgenden Tagen nährte Frau Töfy den in ihrem abgedunkelten Schlafzimmer Bettlägerigen mit Taubenbrühe und ungewürzten Grießspeisen, traktierte ihn mit Magendarmtee und Leberwickeln, Bulrichsalz und an seine Schläfen getupftem Tigerbalsam. Gelegentlich prüfte sie seine Lustbereitschaft mit einer leicht verdaulichen Massenkarambolage oder einem Leckerbissen wie dem Bericht von einem vielfachen Kindermörder in Aix-en-Provence.

Doch der Student flehte, sich abwendend, um Verschonung und ließ unter den suchenden Händen der Witwe jedes Zeichen von Erregung vermissen. Sie ersparte ihm daraufhin Nachrichten aller Art, klagte seiner Genesung zuliebe, daß die Fernsehnachrichten nur noch »zum Langeweilen« seien: »Du lieber Gott, Herr Ludwig«, rief sie, »ich fasse es nicht, der Weltfrieden ist ausgebrochen, und die Natur hat sich mit uns versöhnt!«

Er ahnte, daß sie log, und war dankbar dafür. Sie hätte ihm, vermutete er, sogar die Apokalypse verheimlicht. Tatsächlich aber gab es für das Herannahen der Offenbarung des Johannes in diesem Herbst keinerlei Ausssicht. Ein merkwürdiger Mangel an Katastrophen befiel die Welt, erstaunliche Friedensschlüsse häuften sich, und Waffenstillstände im Überfluß wurden ausgehandelt, Erdbeben und Schiffsuntergänge blieben aus, Raumfähren starteten fehlerlos und erreichten planmäßig ihre Umlaufbahnen.

Ludwig spürte, wie die eiserne Zange, die seinen Schädel einzwang, sich langsam lockerte und schwor sich im Stillen, sobald er ganz bei Kräften war, der Witwe zu kündigen, eine umfängliche Beichte abzulegen und um Aufnahme in einem Priesterseminar nachzukommen. Unpassend träumte er von einem Engel, der seine Flügel abschüttelte und verbrannte.

In jenen Tagen las er unbehelligt im Bett die grundlegende »Theologie einer ländlichen Moral« des Cluniazenser-Abtes Gerard de Theuville (1698-1763). Frau Töfy attackierte in Begleitung hochgiftiger Reinigungsmittel den, wie sie sagte, »runden Dreck in graden Ecken«, überließ das Schlafzimmer aber respektvoll sowohl dem Geist als dem Schmutz. Die These Gerard de Theuvilles, daß der Teufel viel häufiger in Gestalt junger Mädchen oder Knaben als im Körper alter Männer oder Frauen erscheine, entlockte Ludwig ein besserwisserisches Grinsen. Er nahm sich vor, bei passender Gelegenheit eine beißende Polemik zu verfassen und fühlte seinen Kopf leicht und frei werden.

Am Vorabend seines zwanzigstens Geburtstages, Ludwig Liebehenschel konnte wieder im Bett sitzen und die Suppenschüssel selbst halten, vermochte Frau Töfy ihre Sehnsucht nicht mehr zu bezähmen.

Die Nachricht von einem gewaltigen Erdbeben in Zentralchina, dem wenige Stunden später ebendort ein entsetzlicher Taifun gefolgt war, hatte sie nach der lang anhaltenden Katastrophenknappheit derart erregt, daß sie mit wahrhaft grauenhaften Berichten auf der Zunge vom Fernseher ins Schlafzimmer eilte und Ludwig mit der Zahl der Toten, voraussichtlich weit über zwei Millionen, sowie stoßweise hervorgebrachten Sätzen überfiel, in denen er nur die Wörter »Zerstörung«, »Leichen«, »Atomgau«, »Feuerwalzen«, »Giftwolken«, »Abgründe« verstehen konnte.

Sofort setzten sich in seinem Gehirn Stacheldrahtwalzen in Bewegung und begannen zu mahlen wie ein alles zerfetzendes Räderwerk. Er wurde augenblicklich fahl, sank zurück in die Kissen und fing an, mit den Zähnen aufeinanderzuschlagen.

Frau Töfy sah mit Entsetzen, was sie angerichtet hatte, und griff unter die Bettdecke, um Ludwig auf bewährte Art zu erleichtern. Doch er zuckte derart wild, daß sie ihn nicht recht zärtlich zu fassen bekam. Sie wäre freilich nicht so gekräftigt aus den Stürmen ihres Lebens hervorgegangen, hätte sie sich irgendwann in Panik versetzen lassen. Auch jetzt bewahrte sie einen kühlen Kopf und ging in ihre Küche.

Dank der Fortschritte der Kartoffelaufbereitung war die Püree-Herstellung nur noch eine Sache von Minuten, und so mußte Ludwig nicht allzulange leiden, bis die Witwe mit einem großen Topf voll warmem, »heilendem Mus« zurückkehrte, den sie neben seinem Bett abstellte. Sie hob den Rücken des vor Schmerzen irr blickenden Studenten an, streifte ihm geübt das Hemd über den Kopf und ließ ihn langsam zurück in die Kissen sinken. Dann deckte sie das Bett auf, zog dem noch immer mit den Beinen schlagenden die Hose aus, setzte sich auf die Bettkante, schob die Ärmel ihrer Bluse zurück, holte mit der Hand tief aus dem Topf den nicht zu heißen, nicht zu weichen, doch sämigen Brei und packte zuerst Ludwigs Kopfhaar damit so voll, daß er bald schon eine wärmende Kartoffelmütze trug und aufhörte, mit den Zähnen zu klappern. Sie strich seine Backen ein, seinen Hals, und als endlich auch seine Brust unter der Muspackung ihr Flattern verlor und sich ruhig hob und senkte, wußte Frau Töfy, daß sie gewonnen hatte.

Nun erst entkleidete sie sich und brachte den Rest der Püreemenge auf Ludwig und sich selbst unter. Er fühlte sich, als werde er gesalbt, verlor die Starrheit aus seinem Blick, sah seine Vermieterin dankbar an, als sie ihm zärtlich und mit glitschenden Fingern aus dem Schmerz aufhalf in die Lust. Er ahnte, daß er von seiner Mutter einst ebenso liebevoll gewickelt worden war. Und als die Witwe sich auf ihn neigte, die Breiglätte ihres Leibes mit der des seinen vermengte und die Bettdecke über sie beide zog, sah er ihr Gesicht sich wieder verwandeln wie damals, jung werden, strahlend vor schöner, unbegrenzter Begierde. Sie hatten viel vor sich: Über zwei Millionen Tote riefen nach ihrem Mitgefühl.

»Korinthiázestai«, sagte er leise und wiederholte es noch oft in dieser Nacht. »Korinthiázestai!«

»Jaja, ist schon gut, es ist gut«, antwortete Frau Töfy, die freilich kein Altgriechisch verstand. Und dann tanzte sie mit ihm zurück zu seiner Geburt.

Als Ludwigs Mutter ihm am folgenden Tage telefonisch zum Geburtstag gratulieren und ihn fragen wollte, ob ihr Päcken mit dem neuen Herbstpullover angekommen sei, erreichte sie niemanden.

Sie unternahm bis zum späten Abend mehrere Versuche, sämtlich vergebens.

Da sie auch tags darauf weder ihren Sohn noch dessen Vermieterin erreichte, setzte sich Frau Liebehenschel am folgenden Morgen in den Zug nach Tübingen, suchte die Wohnung der Frau Töfy auf, klingelte ausdauernd, befragte zwei neugierig ins Treppenhaus tretende Nachbarn, die übereinstimmend sagten, sie hätten den Studenten schon seit über einer Woche nicht mehr gesehen. Ludwigs Mutter wartete dennoch, nahm sich ein Zimmer in einer Pension, rief weiter an, ging am nächsten Tag noch einmal zur Wohnung, klingelte Sturm und bat dann erst die Polizei um Hilfe.

Als die Entreetür aufgebrochen worden war, hinderte man Ludwigs Mutter daran, das Schlafzimmer von Frau Töfy zu betreten. Man wollte ihr den Anblick ersparen. Der Presse war dann lediglich zu entnehmen, man habe den Studenten und seine Vermieterin in einem unbeschreiblichen Zustand gefunden. Fremdeinwirkung sei aber auszuschließen. Der Polizeiarzt stellte als Todesursache eine totale Erschöpfung fest, Herz- und Kreislauf-Zusammenbruch, Nierenversagen – möglicherweise aber erst tödlich durch einen zusätzlich und in Bewußtlosigkeit eingetretenen Sauerstoffmangel, da die Haut beider wegen großflächiger Verklebung mit der auftrocknenden Kartoffelstärke kaum mehr habe atmen können.

Frau Liebehenschel suchte lange nach einer Formulierung, mit der sie sich und anderen Ludwigs Tod erklären konnte.

Wochen nach dem Begräbnis sagte sie an einem Morgen in der Küche unvermittelt vor sich hin: »Er hat zuviel gelitten an der Welt.« Sie horchte dem Satz nach, fand ihn richtig und blieb dabei.

Eine Ehe, eines Tages

Mit der allgemeinen Unterdrückung der Frau verhielt es sich in der Ehe von Eberhard und Ingrid Überking wie in vielen anderen Ehen auch: Ingrid münzte zuhause die gesellschaftlich verordnete Zurücksetzung in weibliche Herrschaft um, die sich gleichermaßen unbewußt wie geschickt hinter Besorgnis um Eberhard verbarg und zu ihrer ungehemmten Ausbreitung sein geschlechtsspezifisches schlechtes Gewissen gegenüber der scheinbar bezwungenen Frau nutzte. Liebevoll wandelte sie, und zu seinem Besten, Eberhards noch jungenhafte Persönlichkeit durch eine Fülle kaum wahrnehmbarer Korrekturen in die eines Mannes um.

Im Berufsleben, Eberhard arbeitete als Statiker in einem mittleren Architektur-Unternehmen, galt er als bisweilen eigenwilliger, kauziger und mit einem von Kollegen als englisch charakterisierten Humor begabter Mann, während seine Rede zuhause bald schon jegliche Pointe vermissen ließ und mit den Jahren zu einer Reihe leiser Antworten gerann.

Kleine und immer seltener unternommene Versuche des Ehegatten, seine nunmehr vollständig durch seine Frau bestimmte Freizeit mit einzelgängerischen Alternativen zu versehen, quittierte sie mit Anfällen von Übelkeit, Beckenschmerzen und ausfallendem Haar, an denen er sich schuldig fühlte – besonders weil sie ihm dies heftig und insistierend auszureden versuchte.

Nach zehn Ehejahren hatte Ingrids Schüsselgewalt über den Alltag, im Verein mit der von öffentlichen Rednerinnen verhängten Furcht vor dem patriarchalen Kerl in ihm selbst, Eberhards Seele so gut im Griff, daß er begann, die Maßregelungen seiner Gattin zu genießen, und sich angewöhnte, auch für die geringsten Handlungen vorsorglich ihre Erlaubnis einzuholen.

Ein weiteres Dezennium später hielt er für Eheglück, daß er in jeder privaten Hinsicht zu eben jenem Grad von Unselbständigkeit zurückgesunken war, den er vor fast einem halben Jahrhundert als achtjähriger Junge aufstrebend hinter sich gelassen hatte. Damals wollte er zur See fahren. Jetzt hatte seine Gattin das Meer zugeschüttet. Sie wußte, daß er nicht schwimmen konnte. Und er dankte für die Landgewinnung.

So war sein Wesen, als Ingrid entdeckte, was geschehen war.

Sie hatte ihren Gatten keineswegs mit böser

Absicht in den Zustand gebracht, der beiden für Jahre als erfüllte Ehe galt. Mit großer Zuneigung, wenn nicht Liebe für Eberhard hatte sie jene Weltregel befolgt, nach der ein jeder, und sei er ein Ausgestoßener, sein Königreich gründet, wo er Herr über Leben und Tod ist; auf irgendeine Weise schafft jeder Mensch sich seinen, vielleicht winzigen, manchmal nur von Tierquälerei als Ausdruck der Macht beherrschten Bezirk, in dem sein Wort, sein Blick, seine Geste, seine Tat allein gültig sein sollen.

Ingrid, die als Bibliothekarin den geistigen Bedürfnissen von Lese-Menschen gern zu Diensten war, hatte ihre Hoffnung, zur Bibliotheksleiterin aufzusteigen, aufgeben müssen; die allgemein düstere wirtschaftliche Lage führte zu Kürzungen an den Kulturetats. Den Wunsch nach Kindern hatten Eberhard und Ingrid sich zwar eingestanden, seine Verwirklichung jedoch immer weiter durch die Jahre geschoben, weil man auf eine Beförderung der Bibliothekarin hoffte; nun aber war Sorge angebracht, ob die Bücherei im Stadtteil überhaupt erhalten werden könne.

Für Kinder war es lebensspät geworden, und man darf feststellen, daß die eher zu erahnende als zu beschreibende Mischung aus Volkswirtschaft und Karrierehoffnung auf die Geschichte jener Ehe folgenschwer Einfluß genommen hatte, die beide Partner für gelungen hielten. Beide hätten sie niemals als vorbildlich bezeichnet, doch gab es angesichts gehäufter Liebesruinen und anhaltender Zerfleischungen um sie her so etwas wie eine stille, sich verfestigende Genugtuung über die Dauer ihrer Streitlosigkeit.

Eines Abends aber, als in Ingrid die Neigung zu einer realistischen Zwischensumme ihre Tagträume überwog und sie sich damit abfand, daß sie keine höhere Position im Verleihwesen mehr erklimmen und keine Kinder bekommen würde; als sie sich sehr vernünftig sagte, sie müsse doch eigentlich froh sein, ihre Stelle noch behalten zu haben, mit einem unkomplizierten Mann verheiratet zu sein, im übrigen gesund und ohne gewichtige Beschwerden; als sie sich rückblickend eingestand, ihr Leben sei, glimpflich wie nur sehr wenige, ohne Tragödien verlaufen; als sie klug und positiv die lange schon ausstehende Selbstbeschau unternahm, die freilich mehr einer Bilanz als einer Feier glich, betrachtete sie ihren Mann Eberhard beim gemeinsamen Mahl belegter Brote über den Tisch hinweg und dachte ruhig, daß er ganz in der Weise geraten war, wie sie ihn wollte.

Im selben Augenblick fand sie ihn unter der Lampe so langweilig, so uninteressant, ja entsetzlich nichtssagend und plötzlich sogar unerträglich, daß ihr der Bissen in die falsche Kehle geriet.

Sie hustete, und Eberhard sprang auf, lief um den Tisch zu ihr und schlug ihr sanft zwischen die

Schulterblätter. Ingrid fror unter seinem Klopfen. Sie schluckte, nickte, holte tief Luft. Er ging zurück zu seinem Platz, sah besorgt zu ihr hinüber.

Ingrid konnte sich nicht erinnern, wann sie sich zuletzt nach seinen Händen gesehnt hatte.

Sie erkannte, daß Eberhard dem Bild entsprach, das sie unbewußt für ihn entworfen hatte. Über sein Gesicht schob sich, einer schwebenden Maske gleich, die Physiognomie ihres Vaters. Und als sie erschrocken den Blick senkte, fiel ihr auf, wie auf ihrem Handrücken braune Flecken wuchsen, jene Inseln des Alters, die sie an ihrer Mutter mit Ekel betrachtet hatte und die sich mit den Jahren, als bewege sich auf den Händen die Erdgeschichte rückwärts, zu Urkontinenten vereinigten.

Noch wußte sie nicht, daß sie ihr Königreich und ihre Herrschaft über Eberhards Seele loswerden wollte – es gab niemanden, an den sie ihre Macht hätte verteilen können, und dennoch saß sie da auf ihrem Stuhl wie ein bühnenloser König Lear; und sie spürte, daß nur eine Gedankendrehung weiter Schlangen und Irrlicht in ihr warteten.

Noch einmal besann sie sich auf die Wirklichkeit dieses Augenblicks, auf ihr ungefährdetes und zum Verzweifeln glückliches Leben, und hob die Teetasse zum Mund.

Mit einemmal empfand sie Mitleid für Eberhard, der sorgfältig sein mit Käse belegtes Brot in kleine

Ecken schnitt. Wem könnte sie diesen Mann, den sie mit seiner Zustimmung zu einem von ihr gelebten Wesen gemacht hatte, überantworten? Erinnerte er sich noch an das Licht über dem Meer? War er nicht in dem Alter, in dem er sich als Vaterliebhaber an ein Mädchen verlieren könnte? Und sie? Gab es nicht unentschlossene, treibende und zaghaft suchende junge Söhne fremder Mütter, denen Ingrids Schoß erlauben dürfte, ein inzestuöses Tabu zu verletzen, ohne es zu brechen? Wie fühlte sich die Haut eines unverwandten Ödipus an, der rücksichtslos war, aufregend unberechenbar und natürlich untreu?

Sie hatte Angst weiterzudenken; alles, was bisher stabil und selbstverständlich zum Bau ihres Lebens gehört hatte, verschob sich, neigte sich, schon brachen Teile der Fassade und fielen hinunter, die stützenden und tragenden Elemente verdrehten sich, sie meinte, ein inneres Knirschen zu vernehmen.

Eberhard, der Statiker, schien von all dem nichts zu bemerken. Konzentriert führte er Stückchen um Stückchen seines Käsebrotes mit der Gabel zum Mund, kaute sorgfältig, spülte mit je einem Schluck Tee nach.

Ihre Entfernung von ihm wuchs. Und entsetzt spürte sie aus dem zerfallenden Gebäude ihres Lebens ein ihr bisher unbekanntes Gefühl aufsteigen, beißend wie Rauch, ein Gefühl, das Abneigung weit übertraf, gewalttätig und befreiend, erleichternd und bedrohlich, ein Gefühl, das ihr die Brust beengte, sie aber auch merkwürdig wärmte und stärkte. Sie setzte sich steil auf, so daß ihr Rücken die Stuhllehne nicht mehr berührte.

»Ich hasse dich«, sagte sie ruhig und deutlich über den Tisch hin.

Eberhard sah von seinem zweiten Käsebrot auf, für das er gerade eine Scheibe Emmentaler formgerecht zuschnitt. Sein Blick zeigte, daß er sie nicht verstanden hatte. Wie sollte er auch begreifen, daß an diesem keineswegs ungewöhnlichen Abend mitten in der Woche seine Ehe zuende ging, die vor Jahren mit Ingrids Satz »Ich liebe dich« begonnen hatte. War es nicht jener Satz gewesen, der ihm wie eine Explosion die Wände der elterlichen Behütung aufgesprengt und die Weite aller erdenklichen Abenteuer aufgeschlossen hatte? Und war es nicht jener Satz, der ihm Verantwortung für ein geregeltes, erfolgreiches, wohlstandverheißendes Leben auflud? Jener Satz, mit dem er im selben Augenblick alles Glück gewann und jede Aussicht verlor?

»Ich hasse dich«, wiederholte sie laut. Nun verstand er. Aber noch begriff er nicht, daß sie ihn befreit hatte.

Er hob den Kopf, schloß die Augen, erkannte sofort die unumstößliche Statik des Satzes, der aus den zwei Säulen »Ich« und »dich«, so wie dem sie verbindenden und auf ihrer Masse quer lagernden

Schriftfries »hasse« gebaut war. Mit Sätzen aus Spannbeton oder gewagten Leimholzkonstruktionen hätte Eberhard umgehen können, dort genügte eine Verschiebung des Kommas, um alles zum Einsturz zu bringen. Aber der simple Triumphbogen »Ich hasse dich« war von unüberwindlicher Stabilität.

Er legte Messer und Gabel gerade nebeneinander auf den Teller und stand auf. Er ging in den Flur zur Garderobe, zog seinen Mantel an, setzte seinen Hut auf, nahm die Wohnungsschlüssel aus der kleinen Schublade, zog den Autoschlüssel vom Ring des Bundes und legte den Rest zurück. Er verließ die Wohnung ohne einen Gruß.

Ingrid Überking wußte, daß sie sich auf Eberhard Überking verlassen konnte. Es gab keinen Winkel in ihm, der ihr verborgen geblieben wäre. Er würde eine saubere Lösung finden. Auf eine stille, nicht spektakuläre, aber unwiderrufliche Weise würde der einzige Untertan ihres Königreichs verschwinden und ihr endlich erlauben, machtlos zu sein.

Sie lehnte sich zurück, spürte, wie lange sie die Luft angehalten hatte, und atmete aus. Dann hob sie, um sich von dem Gewicht auf ihrem Kopf zu befreien, die Hände zu ihrer Krone.

Dünen

Jusuf träumte. Er saß in seinem zur Straße hin offenen Laden neben Blechkannen voll Petroleum und Parafinöl, Regalen voller blauer Campinggaspatronen, Säcken Holzkohle und Bündeln Brennholz. Im dunklen Inneren des Ladens roch es nach Räucherkerzen und Spiritus. Aber Jusuf saß vorn im Licht auf seinem alten Stuhl. Und Jusuf träumte.

Über dem Basar von El Oued wehten die Staubschleier des Morgens, die tausend Kuppeln der Stadt verloren gerade ihr nächtliches Blau und wurden weiß wie Jusufs knöchellange Ghandura und wie sein Chech, den er nachlässig gewunden auf dem Kopf trug und dessen Ende er um Mund und Hals gewickelt hatte.

Jusuf träumte von der Trichteroase seines Vaters, wo er als Kind im Schatten der tief eingesenkten Palmen neben dem quietschenden Schwenkbrunnen gespielt hatte. Um den Brunnen hatte der Vater auf dem bewässerten Trichterboden einen kleinen

Gemüsegarten und ein Stück Wiese für die Esel angelegt. Jusuf träumte, wie er barfüßig an den Palmstämmen hinaufkletterte, in ihrer Krone über den Rand des Trichters in die blendende Wüste hinaussah, auf mahnende Zurufe seines Vaters die reifen Dattelgehänge abschnitt und fallen ließ und dann auf den weiten Bögen der hinabfedernden Zweige wieder zu Boden rutschte.

Sein Vater hatte noch auf dem Freitagsmarkt neben der Sidi-Salem-Moschee Datteln verkauft. Aber das war lange her. Das Dattelgeschäft war in Staatshand übergegangen, Jusufs Vater war der Mutter nachgestorben, und weil der Bruder des Vaters kurz darauf ebenfalls starb, konnte Jusuf das Erbe antreten, die Trichteroase des Vaters südöstlich der Stadt an die Regionsregierung des Souf verkaufen und von dem geringen Erlös den kleinen Laden mit Brennmaterialien erwerben.

Hier saß er nun und schrak hoch, wenn eine Kundin nach Kerzen verlangte, ein Reisender von der tunesischen Grenze nach Campinggas, wenn Idris aus dem Café du Carrefour kam und Petroleum brauchte. Bald nach dem Handel sank er wieder in seinen Traum.

Am Boden der Trichteroase, wo die Palmstämme ihre Wurzeln durch den Sand bis zum Grundwasser streckten, saßen die Männer um ein kleines Feuer, in dessen Glut die silberne Teekanne steckte. Aus Palmholzbrettchen nagelten sie Kisten zusammen, in denen die braungelben Datteln dichtgepreßt zum Versand fertig gemacht wurden. Jusuf hatte in den Erntewochen mit seinem Vater in der Oase übernachtet. Wenn die kalte Wüstennacht aufzog, war es unten im Trichter noch warm. Die Männer ruhten aus, rauchten süßen Tabak in kleinen Pfeifen und erzählten mit gedämpfter Stimme von Frauen. Zwei Stunden lang hatten sie Sand in Säcke gefüllt, sie beiden Eseln über den Rücken gelegt und auf dem Spiralpfad an der Trichterwand nach oben geschafft, wo die Last hinter dem Palmwedelzaun in die Wüste geschüttet und tags darauf vom Wind wieder in den Trichter hinabgeweht wurde. So ging das die ganze Erntezeit über. Bis die Lastwagen kommen und die gefüllten Kisten und die Männer abholen würden. Als letzte würden Jusuf, sein Vater und die beiden Esel hinaufsteigen und nach Hause gehen.

Die Nacht brach plötzlich herein, es gab selten ein Abendrot, der bleiche Himmel wurde gelb, lila und dann schlagartig schwarz. Jusuf legte sich in den Sand und wartete auf die Sterne. Die Männer schnarchten. Manchmal stöhnte einer im Traum. Über dem offenen Kreis des Trichters glühten Funkenregen in der Schwärze auf, immer dichter prasselte ihr Licht aus fernen Welten her, der Mond legte sich als scharfe weiße Sichel auf den Rücken. Jusuf kniff die Augen zusammen, weil der Nachthimmel ihn blendete.

Mitten in dieser unfaßbaren Sternenmenge also schlief Allah. Er sieht mich, dachte Jusuf.

»Willst du nichts verkaufen? Ich kann auch zu Hassouna gehen, er ist sogar billiger als du!« Die alte Akira keifte ihm ins Gesicht, er roch ihren Zwiebelatem und erschrak, aber er antwortete ohne Zögern.

»Bitte, da mußt du nur zwei Kilometer laufen, und das mit deinen Plattfüßen, das wird dir sicher Freude machen!«

Sie fluchte und streckte ihm eine alte Plastikflasche hin. Jusuf füllte Petroleum ein, schrieb den Betrag ins Kundenbuch, setzte sich wieder auf seinen Stuhl und zog sich den Sternhimmel vor die Augen.

In jener Nacht am Ende der Ernte hatte er nicht schlafen können. Er war durch den rutschenden Sand die Trichterwand hinauf und oben über den Windzaun aus dicht gesteckten Palmwedeln gestiegen. Auf der vom Mondlicht aufgehellten Ebene war er nach Norden gelaufen, wo sich die Dünen erhoben.

Der Staub war kalt an seinen Fußsohlen, aber Jusuf fror nicht, die Dünen zogen ihn magisch an, er hockte sich, wo ihre Flanken flach ausliefen, in den nachtgrauen Sand und sah hinauf zu den großen Rundungen, den Schattengruben, den sanften Hügeln und kleinen Senken, wo, wie er wußte, der Sand glatt wie Mehl und grundlos weich war.

Damals hatte er zum ersten Mal gesehen, wie sich die Dünen in der Nacht verwandelten. Plötzlich lagen da riesige Frauen in der Dunkelheit, gewaltige nackte Leiber, und Jusuf schlug sich mit der Hand vor den Mund, um den Schrei zu ersticken, der sich in seiner Kehle sammelte. Durfte er sehen, was er sah? Er spürte wieder die Stockschläge, die sein Vater auf ihn hatte niedergehen lassen, als er entdeckte, daß Jusuf durch einen Türspalt die Mutter beobachtete, wie sie sich wusch.

Jetzt aber bewegte sich die ihm nächste der Riesinnen. Langsam hob sie die Schultern, drehte sich ihm zu, sie lag auf der Hüfte, schob ein Bein nach hinten und bot Jusuf, zwischen dessen Schläfen der Vater seinen Stock tanzen ließ, ihr tiefes, weiches Schattenfeld so offen dar, daß er aufstehen und zwischen ihren Schenkeln auf diese Tiefe zulaufen mußte, seinen Blick nicht lösen konnte und – »Sünde!« klopfte sein Herz, »Sünde!« – sich selbst zwischen die Beine griff, wo alles Blut seines Körpers zusammengeströmt war. Er umfaßte sein Glied, hielt aber mit der Linken sein rechtes Handgelenk fest, das Glied pochte in den Fingern und verlangte nach Erlösung, er gab nach, gab seine Hand frei, sein Arm folgte dem Pendelwunsch des Körpers, und mit jeder auf- und abstreifenden Bewegung sah er sein Glied wachsen, seine Finger konnten es nicht mehr umgreifen, die Länge seines Arm reichte gerade noch bis nach vorn, er starrte der Riesin zwischen die Schenkel, sank auf die Knie und sandte unter Stößen, die ihn zerreißen wollten, einen weißen Schwall über sie, sah den Treibsand im Schattendreieck einsinken und nachrinnen. Und er sehnte sich danach, dort mitzuversinken.

»He, Jusuf, wach auf, das geht nicht, du sitzt hier an der Straße und hast ein Horn unterm Hemd, daß dich gleich die Polizei verhaften und auf die Wilaya abführen wird! Jedermann und vor allem jede Frau kann sehen, was mit dir los ist!«

Es war die Stimme von Ahmad, seinem Vetter, die Jusuf aus dem Traum riß, Ahmad hatte ihn an der Schulter gepackt, hochgerissen, und jetzt drängte er ihn ins Dunkel des Ladens und schob ihn hinter einen Berg Kohlesäcke.

»Ich sage dir seit Jahren, du brauchst eine Frau! Ein Mann, der jung ist, braucht eine Frau! Kann er sich nachts erleichtern und seine Kräfte an ihr abarbeiten, dann bedrängt ihn am Tag sein Knüppel nicht. Was hast du aber auch für ein wahnsinniges Ding, ich wußte das gar nicht, zeig her!«

Er hob ohne weiteres Jusufs Ghandura hoch und erstarrte. »Ach du meine Güte!« sagte er, »deshalb bist du noch allein. Mit diesem Ding kannst du eine Frau vielleicht erschlagen, aber nicht glücklich machen. Ich weiß nicht, ob es für diese Größe jemand gibt auf der Welt, für Knaben fällst du auf jeden Fall aus. Allah möge dir gnädig sein. Viele haben das andere Problem. Du hast das eine. Ich flehe dich an, träume nicht mehr vorn an der Straße auf deinem Stuhl, oder zieh dir enge Jeans an und darüber eine weite Djellabah, die du über dich spannen kannst wie ein Zelt. Ich habe vorhin zwei mozabitische Frauen an deinem Laden vorübergehen sehen, fünfmal hin und her ohne jeden Zweck, nur, weil sie nicht glauben konnten, was sie durch das kleine Loch ihres Schleiers sahen. Also bitte, denke an den Anstand und die guten Sitten. Glaube nicht, daß ich dich beneide, wahrlich nicht, das einzige, was ich dir empfehlen kann, ist eine Kamelstute oder eine Eselin, aber das hat uns Allah verboten.«

Mit diesen wenig trostreichen Worten schlurfte Ahmad aus dem Laden, und Jusuf entschied sich, für heute keine Geschäfte mehr zu machen. Er schob seinen Stuhl zwischen die Regale, trat auf die Straße, zog die eiserne Jalousie herunter und ließ das Vorhängeschloß zuschnappen.

Er frühstückte bei Idris im Café du Carrefour Omelett in Öl mit Oliven und Weißbrot, kaufte eine Flasche Wasser und verließ El Oued südöstlich auf der Straße nach Bayada, wo er nach vier Stunden eintraf und sich an der Weggabelung weiter nach Osten hielt. Noch vor dem Dorf Nakhla lag die Trichteroase des Vaters, und dort würde er auf die Dünen seiner Kindheit stoßen. Weitere zwei Stunden lief er gemächlich und mit häufigen Verweilpausen durch die sengenden Hitze des Souf.

Er fand den Palmtrichter, der stark eingesandet und nicht gepflegt war, aber am Boden noch immer Schatten bot. Jusuf legte sich nieder, schlief ein und träumte, er sitze mit aufgerichtetem Glied unbedeckt vor seinem Laden, und Akira, die Alte, sprang in ihren schwarzen Lumpen schreiend vor ihm wie ein Derwisch auf und ab, deutete mit ausgestreckter Hand auf ihn und rief, das sei eine Teufelsrute, eindeutig, nur der Satan habe so einen Schwengel, man müsse Jusuf steinigen und verbrennen und seine Asche in die Wüste streuen. Und sie packten ihn, erschlugen ihn, warfen ihn auf einen Scheiterhaufen, und obwohl er tot war, spürte er die Flammen auf seiner Stirn brennen.

Ein Fallwind weckte ihn mit nadelfeinen Stichen im Gesicht, die der von oben herabfliegende Sand ihm versetzte. Noch voller Angst und Grauen richtete er sich auf. Die Nacht war eingebrochen, und für einen Augenblick glaubte Jusuf in der Schwärze, er sei wirklich gestorben. Dann aber sah er die Sterne, sah den Orion auf dem Trichterrand der Oase liegen, und er erhob sich, stieg durch den kühlen, unter seinen Füßen weichenden Sand immer weiter hinauf, bis er oben stand im Staub der Ebene. Er wandte sich nach Norden, wo seine riesigen Geliebten auf ihn warteten.

Die Dünen räkelten sich im Mondlicht, die Sandschleier ihres Haares flogen im Wind, und als Jusuf sie erreicht hatte und zwischen ihnen stand, lockten sie ihn mit sirrendem Gesang. Er zog seine Ghandura aus, ihm war nicht kalt, und er trug sein ins Ungeheure gewachsenes Glied, das er mit beiden Händen steil aufgerichtet hielt, um überhaupt gehen zu können, und das nun seinen Kopf überragte, auf die dunkle Treibsandmulde zu und senkte es dort in die Mitte der Geliebten, die noch heller sang, lauter, ihn in sich hineinzog, und Jusuf stieß durch die dünne Schicht kühlen Nachtsandes in die Tiefe vor, wo ihn die mehlglatte Wärme des vergangenen Tages umfing. Er legte sich zwischen die Beine der Riesin und spürte, wie sie ihn ganz und gar aufnahm.

Kinder, die Sandrosen sammelten, fanden zwei Tage später seine Ghandura. Ahmad suchte ihn fast eine Woche. Endlich übernahm er Jusufs Laden, hielt aber täglich Ausschau nach seinem Vetter und hoffte noch lange, er werde eines Tages wieder kommen, sich auf den alten Stuhl setzen und sein Kundenbuch weiterführen.

Doch der Träumer Jusuf, der nie eine Frau geliebt hatte, blieb für immer verschwunden.

Drei sündige Legenden

Schwesterliebe

Von den seltsamen Gründen für den Tod der neunzehnjährigen Kokimi haben in Kyoto, wo sich die Geschichte ereignete, nur wenige Menschen erfahren, obwohl Teile davon durchaus öffentlich gemacht wurden.

Bei einer Straßenschlacht zweier verfeindeter Jugendbanden zwischen dem Bahnhof und dem Kyoto-Tower waren Schüsse gefallen. Kokimis Bruder, der siebzehnjährige Ichi, der zur Führung der Hideyoshi-Gang gehörte, verblutete, in Hals und Brust getroffen, auf dem Asphalt, bevor die Ambulanz zu Hilfe kam.

Fünf Monate später stand der Todesschütze vor Gericht und wurde, weil seine Freunde nichts gesehen haben wollten und weil sein Vater Vorstandsvorsitzender einer der größten Banken Asiens war, mangels Beweisen freigesprochen. Kurze Zeit später sah man ihn und seine Gang mit neuen, schweren Motorrädern.

Kokimi hatte ihren zwei Jahre jüngeren Bruder

mehr geliebt als eine Schwester den Bruder lieben darf. Sie war die erste Frau gewesen, die der schüchterne Junge als Sechzehnjähriger begehrt und bekommen hatte. Sie hatte sich dem jugendlichen Eifer seiner Erregung gern zur Übung dargeboten und in den brüderlichen Umarmungen zum ersten Mal einen Mann in sich aufgenommen. Bald fieberte ihre Haut nach der Haut des anderen, und sie hielten es keine Nacht mehr aus, ohne heimlich beieinander zu liegen. Die Eltern bemerkten nicht, daß ihre beiden Kinder einander hörig geworden waren. Sie hielten die zärtliche Nähe für Geschwisterliebe und erfreuten sich daran.

Darum verstanden sie, daß ihre Trauer um Ichi so heftig von Kokimi geteilt wurde. Mit der Zeit jedoch milderte sich ihr Schmerz um den Sohn, während Kokimi unvermindert im Gedenken an den Bruder zu versinken schien. Sie trauerte so tief und in sich verschlossen, daß ihre Eltern fürchteten, sie werde nie wieder aus dem Schatten herausfinden.

Nach dem Freispruch des Todesschützen aber änderte sich Kokimis Seelenzustand plötzlich. Sie ging wieder zur Tanzschule im Stadtteil Gion, wo sie seit einigen Jahren bei einer Meisterin den Tanz der Geishas lernte, die man in Kyoto Geikos nennt.

Die Meisterin sah in den Bewegungen ihrer Schülerin deren Seele offen liegen wie ein Buch. »Du denkst an eine Begegnung«, sagte sie zu Kokimi.

Die brach den Tanz ab und verneigte sich. »Ja. Es ist mein Bruder. Manchmal steht er nachts in meinem Zimmer. Er lächelt. Und dann kommt er zu mir. Und -«

»Du mußt mir nichts weiter erzählen. Du willst bald eine Maiko werden und später eine Geiko. Also lerne zu schweigen. Tanze!«

Und Kokimi mußte ihre Gesten und Schritte zügeln, um nicht schamlos ihre Lust zu zeigen, die sie mit des Bruders Geist noch stärker verband als mit dem Lebenden.

Ein halbes Jahr später meldeten die Fernsehnachrichten, daß der freigesprochene Mörder ihres Bruders erneut in einen Bandenkrieg verwickelt, diesmal aber selbst schwer verwundet worden sei. Er liege im Koma. Der Fall erregte weiteres Aufsehen durch die Tatsache, daß der Vater des jungen Mannes ihn von der Klinik in eine Suite des Miyako-Hotels verlegen ließ, die er mit Geräten für Intensivmedizin hatte ausstatten lassen. Drei Schwestern und zwei Ärzte waren zu weit überhöhten Honoraren eingestellt worden.

In der Nacht nach dem Fernsehbericht erschien Kokimi wieder ihr toter Bruder. Aber diesmal lächelte er nicht, und er wollte sich auch nicht zu ihr legen. Er stand nur da, öffnete den Mund und sagte: »Töte!« Dann wandte er sich um und verschwand im Dunkel.

Kokimi vertraute sich der Tanzmeisterin an.

»Du wirst keine Ruhe finden«, sagte die, »bevor du nicht den Wunsch deines Bruders erfüllt hast.«

Kokimi, beschlossen sie, sollte die Bekanntschaft eines der Ärzte suchen, die den Mörder im Miyako-Hotel betreuten. Die Meisterin gab der Schülerin einige nützliche Ratschläge, die ihr eigentlich noch nicht zustanden, und wenig später gelang es Kokimi, den jüngeren der Ärzte in der weiten Halle des Miyako-Hotels kennenzulernen. Sie simulierte einen Herzanfall, und der Portier rief in der Suite des Mörders an. Sofort kam der Arzt herunter, untersuchte sie, befand ihren Zustand für nicht bedrohlich, riet aber zu zwei Tagen Bettruhe. Die wenige Augenblicke der Nähe genügten ihr, sich ihm einzuprägen.

Als sie bald darauf wieder ins Hotel kam und darauf bestand, sich bei ihm zu bedanken, verabredete er sich mit ihr zu einem Spaziergang im nahe gelegenen Maruyama-Park, wo die weiße Kirschblüte gerade vorüber war und die rosafarbenen Dolden der Zierpflaumen wie Schaum aus den Baumkronen quollen. Die Menschen, die darunter einhergingen oder sich zum Picknick niedergelassen hatten, trugen ihren Widerschein im Gesicht.

Es war das Licht in Kokimis Augen, in das der Arzt sich verliebte. Er war verheiratet, Vater einer Tochter und durchaus nicht unglücklich zu nennen. Die Begegnung traf ihn völlig unvorbereitet.

Die Tanzmeisterin verschaffte ihm und Kokimi

Gelegenheit, sich wöchentlich im Stadtteil Gion in einem Teehaus zu treffen, in dem sie selbst vor Jahren als Okasan, als Chefin, gelebt hatte. Persönlich sorgte sie dafür, daß Kokimi ihrem Geliebten in Tracht, Maske und Schmuck einer Maiko gegenübertrat. Der Arzt, der von Traditionen nie viel gehalten hatte, war solch alterprobter Raffinesse wehrlos ausgesetzt. Aber auch Kokimi verlor ihren Plan aus den Augen und sehnte sich bald nach der Nähe zu dem Geliebten.

Monate später erst, der Mörder lag noch immer im Koma, gestand sie dem Arzt, daß sie seine Bekanntschaft gesucht habe, um ihn zum Werkzeug ihrer Rache zu machen.

Sie erzählte ihm von ihrem Bruder, der ihr erneut erschienen war und drängender noch als beim ersten Mal gefordert hatte: »Töte!« Vielleicht sei sein Geist auch eifersüchtig, denn sie habe sich verliebt. Sie umarmte den Arzt und rief unter Tränen, sie schäme sich und bitte ihn um Vergebung. Sie werde nun wieder aus seinem Leben gehen, denn sie könne den Mann, den sie liebe, nicht um einen Mord bitten.

Er aber schwor bei seinem Leben, daß er jederzeit bereit sei, den Mörder ihres Bruders zu töten. Medizinisch habe der ohnehin keine Chance.

Genau dies habe sie ursprünglich von ihm erwartet, entgegnete Kokimi, nun aber fürchte sie sich davor. Er dürfe sich nicht unglücklich machen.

Sie bat ihn, alles für den Mörder zu tun, was seine Pflicht als Arzt von ihm verlangte.

Ihren Eltern teilte sie den Entschluß mit, künftig im Teehaus zu wohnen und eine Geiko zu werden. Von da an war sie, durch die Frauen im Teehaus abgeschirmt, für ihren Liebhaber unerreichbar. Man hinterbrachte ihr die Nachricht, daß der Arzt sich von seiner Frau getrennt habe und verzweifelt um ein Gespräch mit Kokimi bitte. Sie zwang sich, ihrem und seinem Verlangen nicht nachzugeben.

Ihr Liebhaber sah nur einen Weg, sie zurückzugewinnen. Durch nächtliche Manipulation an den Apparaten und Infusionen, mit denen die Lebensfunktionen des im Koma liegenden Mörders erhalten wurden, sorgte er für eine so augenfällige Verschlechterung des Zustandes, daß der Vater des Jungen einwilligte, die Maschinen abzustellen.

Als sie die Nachricht erhielt, wußte Kokimi, daß sie den Menschen, den sie liebte, dazu verleitet hatte zu töten. Sie legte ihren Kimono an, frisierte und schminkte sich und verließ das Teehaus.

Spaziergänger sahen sie durch den Maruyama-Park laufen, am Kodaiji-Tempel und der Ryozen-Kannon-Statue vorbei, bis zum Kiyomizudera-Tempel, der an den Berghang gebaut und, von einem Gerüst aus riesenhaften Pinienstämmen gestützt, über dem Abgrund zu schweben scheint. Dort mischte Kokimi sich unter die Menge auf der hölzernen Plattform, auf der ein weiter Blick über

Kyoto die Gläubigen und Reisenden nach ihren Fotoapparaten und Videokameras greifen läßt. Sie schwang sich auf das breite Balkengeländer, hob den Blick und stürzte sich schweigend in die Tiefe. Erst als sie aufschlug, schrien oben einige Frauen, brach unten im Felsengarten in der Warteschlange vor der heiligen Quelle Panik aus. Kokimi lebte noch zwei qualvolle Stunden.

Ihr Liebhaber folgte ihr fünf Tage später an derselben Stelle in den Tod.

Die Tanzmeisterin, die als Einzige wußte, wie merkwürdig die vier Tode in Verbindung standen, hielt sich an ihr Schweigegebot. Aber wenige Wochen nach Kokimis Sprung in die Tiefe fanden ihre Eltern, die im Schmerz um ihre beiden Kinder den Hausaltar im Zimmer der Tochter aufgebaut hatten und täglich dort beteten, auf Kokimis Schreibtisch einen Brief vor. Er schilderte die ganze Geschichte von Anfang an und endete mit dem Satz: »Nun werden wir uns als Geister weiter hassen und lieben müssen. Mein Mörder, meine Schwester, der Mörder meines Mörders und ich.« Der Verfasser war an den handschriftlichen Eigenheiten der Zeichen zweifelsfrei als der zu erkennen, der auch unterschrieben hatte: Kokimis Bruder Ichi, der ihr erster Geliebter gewesen war.

Pietät

Gewiß hätte niemand je über das Leben der Oberrevisorin Lore Mülenhoff berichtet, wäre nicht durch ein merkwürdiges Ereignis zutage getreten, daß die ebenso verläßliche wie unauffällige Mittvierzigerin nicht war, was sie zu sein schien. Sie, die mit dem Fahrrad fuhr und sich stets hochgeschlossen ins Büro begab, die bei ihren Kollegen in der Finanzdirektion IX - Frankfurt/Main als ebenso tüchtig wie unnahbar galt und alle Klischees, die von rothaarigen Frauen umlaufen, zu widerlegen schien – konnte mit ihr jene Dame selben Namens gemeint sein, von der nun, in ausgeschmückten Zeitungsberichten, alle Welt Nachricht erhielt? Das wahre Gesicht der Lore Mülenhoff!

Wahr? Was wissen wir von der Sehnsucht und der Camouflage der Menschen? Wie viele schrekken davor zurück, ihre phantasierte Gestalt zu leben, und tragen dennoch beständig einen Traum von sich im Kopf, der für sie vielleicht wirklicher ist als ihre sichtbare Alltagsgestalt? Wieviel Kraft gehört dazu, diesen ins Ungeheure sich blähenden Traum zu verbergen! Vielleicht ist es manchmal leichter, sich in zwei Personen zu teilen, eine öffentliche und eine geheime.

Von der Oberrevisorin Mülenhoff beispielsweise wußte man, daß sie ihr nicht geringes Einkommen vorrangig für wohltätige Zwecke verwendete. Man hörte von ihren Patenkindern in Indien, Tansania, Kolumbien und Malaysia, für deren Schulbildung sie aufkam; sie rettete Menschen in Pakistan das Augenlicht, baute mit an Jugendbibliotheken in Nicaragua. Kein Wunder, daß für sie selbst nichts blieb und daß sie sich bescheiden mußte mit einer kleinen Zweizimmerwohnung in billiger Lage. Ihre Wochenenden verbrachte sie zumeist auf Tagungen in kirchlichen Akademien, wo es um das Leid der Menschheit ging.

So jedenfalls glaubte man sie zu kennen. Nun wissen wir es besser. Von Spenden keine Rede! Sie besaß ein Haus im Taunus und liebte große Wagen, ungewöhnliche Fahrzeuge, Spezialausführungen nämlich auf dem Chassis eines Daimler-Benz-Kombi, wie Bestattungsinstitute sie anfertigen lassen. Solche, mit einer Doppeltür im Heck versehenen Pietätslimousinen werden üblicherweise langsam gefahren, sorgfältig gepflegt, haben einen geringen Verschleiß und müssen doch von Zeit zu Zeit ausgemustert werden. Dann schlug Lore Mülenhoff zu. Sie kaufte günstig, fuhr den Wagen zu einem Autopolsterer nach Kassel, wo, bei unverändertem Äußeren, der große Innenraum nach ihren Bedürfnissen ausgestaltet und mit dunklen Scheiben und Vorhängen gegen Einsicht geschützt wurde. Dieses Fahrzeug parkte sie nicht in der Nähe ihres Hauses, auch nicht vor der Mietwohnung – sie hatte vielmehr einen Platz in einer Wiesbadener Großgarage auf Dauer gemietet.

Reporter haben neben all diesem auch den Zweck des Wagens herausgefunden und, mit scheinheiliger Empörung gewürzt, publik gemacht. Bis heute müssen deswegen in der Frankfurter Gegend Bestattungsfachleute und Trauerhelfer abfällige Blicke und unverschämtes Grinsen dulden, wenn sie zu weiß Gott trauriger Pflicht mit ihren Wagen vorfahren. Auch die wochenendlichen Wege der Oberrevisorin, wenn sie vorgeblich auf Akademietagungen ihre Humanität verfeinerte, wurden rekonstruiert: Lore fuhr mit öffentlichen Verkehrsmitteln und per Taxi zu ihrem Taunus-Haus und verwandelte sich dort durch raffinierte Kleidung, starkes Make-up, aufdringliches Parfum und Lösung der sonst zum Nackenknoten geschlungenen Haare in das Gegenteil jener züchtigen Person, die das Haus betreten hatte.

Wiederum mit einem Taxi ließ sie sich nach Wiesbaden bringen, stieg um in ihren Sargwagen, fuhr auf die Autobahn und jagte nach Norden. Sie liebte die Geschwindigkeit, und nicht wenige Fahrer mögen sich über die Eile gewundert haben, die da eine sie überholende Leiche noch hatte.

Wenn aber der Überholte die Rothaarige am Steuer des anthrazitgrauen Daimler mit dem goldenen Palmwedel auf der Tür erblickte, mußte er sich fragen, warum ein so aufreizendes Weib einen so tristen Beruf ergriffen hatte; und wenn er sie seinerseits wieder überholte und sie zu ihm herübersah, schamlos flirtend und mit einem auffordernden Lächeln, wird er, seit Stunden mit seinem trüben Leben im Auto alleingelassen, sich gefragt haben, ob es nicht schöner wäre, in ihrem Wagen zu liegen, als einem Ort zuzurasen, an dem man eigentlich nicht ankommen wollte.

Die Oberrevisorin wußte, welche Phantasien sie auslöste. Alle Stunden bog sie auf einen Parkplatz ab, stieg aus, öffnete die Hecktüren und gab den Blick frei auf das erleuchtete Innere ihres Leichenwagens. Anstelle des erwarteten Sarges war da, kissenbestückt, ein Polsterbett zu erblicken, mit kirschlikörrotem Plüsch bezogen, rosa Lämpchen ließen den Innenraum fleischlich schimmern, und so mancher geprüfte Vater, der die Fahrt hier unterbrochen hatte, um die Familie in dem nach Urin stinkenden Pavillon ihr Wasser abschlagen zu lassen, stand mit halboffenem Mund, angehaltenem Atem und sehnsüchtig quellenden Augen vor dem in Pietät verhüllten Bordell.

Wenn er, nach raschem Seitenblick auf den Urinpavillon, näher trat, steckte ihm Lore eine Karte zu, auf der nur vermerkt war: »Lust auf Tod?«, und weidete sich am ratlosen Gesichtsausdruck des Interessenten, der eben noch daran gedacht hatte, mit der Familie sein ganzes Bürgerleben auf diesem Parkplatz zurückzulassen.

Manchmal wurde sie angesprochen, alleinreisende Männer verabredeten sich mit ihr an nächstgelegenen Raststätten; wer Stil hatte, schlug ein Edelrestaurant in der Gegend vor. Sie stimmte zu und hielt die Rendezvous nicht ein.

Erstaunlich, wie viele Lastwagenfahrer sich im nachhinein vor Boulevardjournalisten immer noch damit brüsten, im Leichenwagenpuff mit Lore Mülenhoff geschlafen zu haben. Verblüffendes wissen sie zu berichten, an Fernfahrertheken, nach dem dritten Bier zur Nachtpause. Ein wahres Wunderweib soll sie gewesen sein, mit den allerungewöhnlichsten sexuellen Fertigkeiten begabt, keinem Männerwunsch abgeneigt, unersättlich und ohne jede Hemmung. Nichts davon muß man glauben. Aber die Aufschneider beweisen, wie sehr die Chauffeurin des Sargmobils ihre Vorstellungskraft angeregt hat.

Ein einziges Mal wohl nur ist die Oberrevisorin schwach geworden. An jenem Tag hatte sie sich entschieden, die Nordrouten, auf denen sie inzwischen bekannt war und von einigen Fahrern gesucht und erwartet wurde, auszutauschen gegen die Route nach Süden. Und so trieb sie den Pietäts-Daimler über Darmstadt und Heidelberg zum Autobahnkreuz Karlsruhe und wählte dort die Richtung Basel, als sie bemerkte, daß ein schwarzer Porsche sie zum zweiten Mal überholte, sich auf der rechten Fahrbahn vor sie setzte und sein Tempo verlangsamte, um sich erneut von ihr überholen zu lassen. Er wiederholte dieses Spiel mehrfach, bog kurz vor Baden-Baden auf einen Parkplatz ab, und sie folgte, stellte sich vor ihn, stieg aus und öffnete die Hecktüren.

Der Fahrer verließ seinen Porsche. Sie sah, daß er elegant, gepflegt und sehr jung war. Sie lächelte ihm zu und fragte: »Lust auf Tod?« Er nickte, schloß seinen Wagen ab und stieg ohne zu fragen in ihr Bordell ein.

»Fahren Sie!« sagte er, sie verriegelte die Türen und setzte sich ans Steuer.

Nach der Ausfahrt Baden-Baden suchte sie kleine Landstraßen, fand hinter dem Dorf Letten einen Waldweg, wie sie ihn sich vorgestellt hatte, schaukelnd schob sich der Wagen ins Gebüsch. Ein Obstbauer will gesehen haben, wie »die Rothaarige hinten in das Auto eingestiegen ist und dann die Türen zugemacht hat.« Angeblich ist er nicht näher getreten.

Wir dürfen vermuten, daß Lore Mülenhoff, die so vortrefflich Tod und Eros zu verbinden verstand, sich mit dem jungen Gast ausdauernd vergnügte, denn derselbe Obstbauer will auf seinem Rückweg das von innen rötlich leuchtende Fahrzeug noch am Waldrand gesehen haben, als es schon Abend wurde.

Als gesichert darf gelten, daß sie ihren Liebhaber zu seinem Porsche zurückfuhr und er ihr auf dem

Weg nach Norden folgte, über Karlsruhe hinaus zum Autobahnkreuz Walldorf. Für das, was sich hier ereignete, gibt es, trotz schlechter Sicht im einsetzenden Regen, zahlreiche Zeugen.

Der Porsche habe, so die fast übereinstimmenden Aussagen, in der Dunkelheit mit dem Leichenwagen ein Wettrennen veranstaltet, sie hätten einander regelrecht gejagt, geblendet, auch rechts überholt, man habe als unbeteiligter Fahrer diesen Wahnsinnigen nur ausweichen und Abstand halten können. Dann sei der Daimler plötzlich zum Mittelstreifen geschossen, an die Leitplanke geschleudert, auf die linken Räder hochgekippt und übers Dach abgerollt auf die Gegenfahrbahn, wo ein Schwerlaster ihn voll getroffen und den Blechhaufen weit vor sich hergeschoben habe.

Der Porsche habe auf der Standspur gehalten. Ein Mann sei ausgestiegen und habe zurückgeblickt auf den Unfall. Ein sehr alter, gebeugter Mann in einem dunklen Anzug. Vollglatze, dünner Hals, ein magerer, knochiger Schädel, der fahl geleuchtet habe, außer den tiefliegenden Augen, die schwarz gewesen seien.

Der Alte soll müde genickt haben, bevor er einstieg und weiterfuhr. Das Nummernschild hat niemand notiert.

Der getreue Don Juan

Das Alter hat Vorteile. Sollten Sie siebzig oder darüber sein, steht Ihnen unser Schicksalsclub offen. Jüngere Menschen haben noch nichts zu erzählen; was sie für Schicksal halten, ist bloß Zufall. Jeden Monat muß eines unserer Mitglieder eine Lebensgeschichte berichten. Selbstverständlich lügen wir. Es kommt darauf an, das Unwahrscheinliche so darzustellen, daß es zu der Summe unserer Erfahrungen paßt. Gestern nun erfuhren wir von einer ganz und gar wahren, überprüfbaren Begebenheit, die doch zugleich die grellste Lüge an Ungeheuerlichkeit übertrifft.

Nach dem dritten Glas Rotwein stand der Kleinste am Tisch auf, unser Pharmazeut und Meister des Schachtelsatzes, strich seinen Frack mit kurzen Gesten glatt und hielt folgende Rede:

»Verehrte Freunde!

Die Ursache für das tragische und äußerst merkwürdige Zusammentreffen in der Stadtmitte zwischen dem Volvo von Klaus Eberhard Hörndl und dem irregulär und unvorhersehbar die Straße zu Fuß überquerenden Hans Günter Neuhaus, Klaus Eberhards bestem Freund, die Ursache jener auf beiden Familien bis heute lastenden Begegnung, die für Hans Günter sofort tödlich endete, später auch für Klaus Eberhard, der mit der Tatsache, seinen besten Freund, wenn auch schuldlos, überfahren zu haben, nicht fertig wurde und sich darum ein Vierteljahr nach dem Unfall erschoß, die Ursache also für dies so ganz sinnlos erscheinende tödliche Rendezvous der beiden etwa Vierzigjährigen wird gern in grausamem Götterspiel oder gelangweilter Fadenschneiderei der Parzen gesehen, dabei hatte es, aus der Perspektive des Schicksals betrachtet, durchaus seine Logik.

Hans Günter nämlich, der übrigens nirgendwohin wollte, als er einem Impuls folgend auf die Straße trat, war, wie wir wissen, mit Erika glücklich verheiratet und hatte mit ihr drei kleine Buben, niedlich, wie die Orgelpfeifen, kein Wunder, daß er treu zu sein versuchte, um sein Glück nicht zu gefährden.

Doch seine sexuellen Träume ließen sich nicht im Zaum halten und in die Bahn der Ehe lenken, seine Phantasie scherte aus, jagte sechsspännig querfeldein und hob fremde Damen in die Kutsche, wo sie, köpflings, grapschend und den Träumer mundüberstülpend, frech, als kämen sie geradewegs aus dem achtzehnten Jahrhundert, ihrer Röcke enthoben, den Ursprung der Welt auffalteten und im Kopf von Hans Günter Fieberschübe erzeugten!

Klaus Eberhard hingegen war, obschon gleichfalls seiner Elisabeth treu, mit der er fünf hübsche Mädchen hatte, niemals von derart ausreitenden Phantasien geplagt worden und lebte mit seiner fruchtbaren Gattin mehr sinnvoll als sinnenreich.

Hans Günter versuchte nun, seine Phantasiekutsche – in der sich immer neue Damen, meist Freundes-Gattinnen und oft mehrere zugleich, einstellten und sich mit ihm zu unerhörten Liebesgruppen komponierten – so gut er konnte auf den Pfad weniger tolldreister Wünsche zurückzulenken, aber wir alle wissen, daß unsere erotische Phantasie, wenn wir ihr die Kandare anzulegen versuchen, auch das kräftigste Ledergeschirr zerreißt.

Darum gewöhnte Hans Günter, dieser Don Juan der Phantasie, sich an, seinen Träumen die Zügel schießen zu lassen und sich darin mit den Frauen seiner Freunde an seltsamen Orten und in gefährlicher Lage zu treffen, er träumte ihnen die abseitigsten sexuellen Wünsche an, die sie ihren Männern nie gestanden hätten, und sah sich in Situationen und auf Arten mit ihnen vereinigt, die er der Mutter seiner Kinder nicht zu schildern gewagt hätte, obwohl sie vielleicht darauf wartete und bereit gewesen wäre, mit ihm dergleichen zu versuchen.

Zeitweise hatte er sich in seinen sexuellen Phantasien auf die Gattin seines besten Freundes Klaus Eberhard, Elisabeth Hörndl, eingeträumt und hatte Mühe, wenn er seiner Frau Erika beilag, nicht »Elisabeth« zu flüstern, und wenn er mit sich allein war, Sie wissen, wovon ich rede, imaginierte er ein frühsommerliches Picknick am See, wo Elisabeth aus der Traumtiefe ihres Schoßes warme Miesmuscheln hervorholte, ihr orangerotes Fleisch zärtlich entfaltete und ihm in den Mund schob.

Manchmal erwachte Hans Günter benäßt aus solchen Phantasien und verfluchte sein Unbewußtes, nicht ahnend, daß seine Träume längst durch das Sinnengeflecht der Stadt gefährlich auf Elisabeth übergegriffen und in ihr gleichartige erotische Phantasien ausgelöst hatten, in denen er so schamlos auftrat, wie sie es von ihrem Klaus Eberhard nie erwarten durfte und ihm im übrigen auch nicht verziehen hätte.

Begegneten sich Hans Günter und Elisabeth real bei Freundestreffen, legten sie im Umgang miteinander eine merkwürdige Scheu an den Tag, und die Träume rächten sich für die kluge Vorsicht bald darauf mit um so heftigeren Lustanfällen – für Menschen, die treu sein wollen, ein schwer erträglicher Zustand.

Muß man noch fragen, warum Hans Günter den Tod, wenn nicht gesucht, so doch zur Bewahrung der Freundesliebe gefunden hat, und warum Klaus Eberhard, ohne etwas von den Phantasien seines Freundes und Elisabeths Rolle darin zu wissen, zielstrebig und zu schnell ausgerechnet durch jene Straße fuhr, von deren Bürgersteig unvermittelt ein Mann auf die Straße rannte, in dem er erst im letzten Moment vor dem tödlichen Aufprall seinen Freund Hans Günter Neuhaus erkannte?

Muß ich hinzufügen, daß Elisabeth voller Entsetzen vermutete, ihr Mann habe ihre untreuen Träume mit Hans Günter erahnt und den Nebenbuhler getötet? Sie, die nicht wissen konnte, daß sie nur von den Träumen des nun Überfahrenen befallen worden war, fühlte sich schuldig an seinem Tod, während Klaus Eberhard ihr in den Ohren lag mit seiner Klage über das Schicksal, das ihn und seinen, Schillerscher Bürgschaft würdigen Freund tödlich zusammengeführt habe.

Aber war es nicht Schicksal, das endlich, als zu Elisabeths und ihrer fünf lieben Töchter Entsetzen Klaus Eberhard mit einem Pistolenschuß seinen Gewissensqualen ein Ende gemacht hatte, die Verwitwete mit der gleichfalls verwitweten Erika und ihren alles in allem acht Kindern in einem schönen Haus zusammenzuziehen bestimmte, die Betrügerin im Geiste mit der im Geiste Betrogenen?

Wie wenig wir doch wissen von den verschlungenen Pfaden der Treue, und wie glücklich geht doch manchmal am Ende das Unglück aus, wenn wir nur genau genug hinsehen! Denn waren nicht die Mütter mit den Kindern vereint, und die Männer im Tod ebenfalls?«

So also beendete unser Kleinster, der drahtige Junggeselle und Alchimist des Schachtelsatzes, seine Rede, setzte sich und griff entschlossen nach seinem Rotwein, während wir anderen sinnend unsere Köpfe hin und her wiegten. Wie gut, dachte ich, alt zu sein und gelebt zu haben. Spät und mit der Gewißheit, daß die Welt geordnet sei, kehrte ich zu meiner con brio schnarchenden und ihren Unterkiefer verlierenden Gattin nachhause. Aber als ich mich an ihren Rücken schmiegte, schob die Schlafende traumhändig ihr Nachtgewand hoch, und ich dankte ihr für die schönweiche Fülle, deren müde Fuge mich aufnahm.

Glückskraut

Der Fluß lag schwarz zwischen den Wiesen, die sich an beiden Ufern zu ihm senkten. Zwei Villen, die man herrschaftlich zu nennen geneigt war und die sich rechts und links des schmalen Flußbetts am oberen Saum der Ufergärten in die glanzlose Luft dieses Tages hoben, spiegelten sich im Wasser – und für einen märchenhaften Augenblick schoben sich ihre Bilder übereinander und wuchsen zitternd zu Fensterketten und Turmwäldern zusammen.

Die Grundstücke grenzten ohne Zäune an diesen namenlosen Seitenarm der Seine. Bretterstege stießen von den Ufern ins Wasser vor, kaum vier Schritte lang, weil die Fahrrinne nicht noch künstlich verengt werden sollte. An beiden Stegen lag ein Kahn vertäut an den Pfählen. Die Seine, deren Hauptstrom in dieser Schleife nach Nordwesten fließt, ruhte in ihrem Nebenbett aus.

Im 18. Jahrhundert mit der Gartenfront nach Südwesten errichtet, stand das eine der Häuser hochgereckt und filigran dem Flußtal zugekehrt;

sein gedrungenes Gegenüber, eine Ende des 19. Jahrhunderts erbaute, in allem gewaltsam geratene Villa, blickte, weil auch ihr Bauherr auf das Wasser sehen wollte, nach Nordosten; die Fassade hatte, obwohl in den hundert Jahren ihres Bestehens nur selten von Regenstürmen geprüft, ein düsteres Aussehen angenommen.

Jedem, der in einem der flußaufwärts, in St.-Martin, auszuleihenden Boote an jener Stelle vorüberfuhr, mußte auffallen, daß die offensichtlich ältere der beiden Villen heller und jünger aussah und anscheinend unbeeindruckt den häufig von Westen hertreibenden Unwettern standgehalten hatte. Madame Henriette Duval, die dort seit dreiundzwanzig Jahren mit ihrem Mann lebte, hing sehr an dem Haus, unter dessen steilen, schimmernden Schieferdächern sie aufgewachsen war, das sie als junge Frau verlassen und nach dem Tod der Eltern wieder bezogen hatte – obwohl ihr Mann seinerzeit dazu riet, es zu verkaufen und in Paris wohnen zu bleiben. Sie hatte ihren Willen durchgesetzt, und ihr Gatte war – wie um ihr zu zeigen, daß die Entscheidung falsch war – bald schwer an Rheuma erkrankt, im feuchten Tal der Seine kein seltenes Leiden. Inzwischen konnte er sich kaum mehr rühren. Madame Duval pflegte ihn unverbittert, schob ihn im Rollstuhl auf Kieswegen zwischen Rosenbüschen zum Ufer hinunter oder durch den Hortensien- und Rhododendron-Garten, der sich vor der flußabgewandten Seite des Hauses in parkähnlichen Maßen erstreckte.

Ein Sohn, dem das Anwesen als Erbe zugedacht war, hatte im Dienst der Armee Frankreichs bei einem UNO-Einsatz seines Regimentes in Zentralafrika das Leben verloren – nicht durch die Gewalt des Krieges, sondern durch einen Autounfall. Henriette Duval, deren Haar nach dem Tod des Sohnes weiß geworden war, hätte Gründe nennen können, über ihr Schicksal zu klagen. Aber nicht einmal ihr Mann hatte sie je lamentieren gehört. Sie war gewiß eine der heitersten Frauen, die an der Seine lebten. Wer sie sah, spürte die Aura des Glücks, die das Gesicht der nun fast Sechzigjährigen stets etwas lichter erscheinen ließ als die Umgebung. Wer aber diese Aura nicht wahrnahm, weil er an Phänomene unerklärter Art nicht glaubte, konnte wenigstens nicht übersehen, wie entspannt Stirn und Augenbrauen von Madame über ihren Blicken ruhten.

Vom Bewohner auf der anderen Seite des Flusses hätte niemand so sprechen können. Hinter der Fassade mit breiten Fenstersimsen und wuchtigen Erkern, über die sich stummelhafte Ecktürme erhoben, lebte seit wenigen Monaten Denis Dentréssangle – nachdem das Haus länger als ein Jahrzehnt leergestanden hatte. Es war eben jener Dentréssangle, der in den frühen neunziger Jahren häufig in der Illustriertenpresse zu betrachten war, weil ihm eine von ihm entwickelte Ausstattung mit dem Namen »Éroseul« ein Vermögen eingebracht hatte, von dem er für jedermann sichtbaren Aufwand trieb. »Éroseul« war ein kompliziertes System, das sexuelle Befriedigung versprach: eine Art Taucheranzug, der inwendig elektrische Einrichtungen zur Stimulierung erogener Zonen aufwies, wurde mit einem Computer verkoppelt, wobei der Benutzer von »Éroseul« sein individuelles erotisches Programm bestimmen und sich sowohl visuell durch entsprechende Darbietungen auf dem Monitor als auch körperlich mittels sanfter elektrischer Vibrationen in die gewünschte »Lage« versetzen konnte. Partner wurden nicht mehr gebraucht, eigene Begehrlichkeiten meldete das Programm nicht an, es war auf Dienstleistung ausgelegt und niemals unwillig. Dentréssangle selbst schien es nicht nötig zu haben. Er ließ sich mit derart vielen Frauen in überstürztem Wechsel sehen, daß den schwergewichtigen und fast haarlosen Mann bald der Mythos unerschöpflicher Sexualität umgab, was dem Absatz seines Produktes förderlich war. Dennoch haftete dem Erfinder der Hautgoût an, daß er mit dem Grundbedürfnis der Menschen nach intimer Berührung zynisch umging – und sein stetig wachsender Reichtum öffnete ihm darum nicht wie anderen, die ihr Vermögen freilich nicht weniger zynisch erworben hatten, die Tür zu den obersten Kreisen der Pariser Gesellschaft. Nach einigen vergeblichen und demütigenden Anläufen, die gleichsam schon auf der Treppe zur Hautvolee gescheitert waren, hatte Dentréssangle sich, sechsundfünfzig Jahre alt, in eines seiner zahlreichen Häuser zurückgezogen: unter die mattschwarzen Schieferdächer jener Villa an dem Nebenarm der Seine, nicht weit von Rouen und keine zwei Autostunden von Paris.

Von hier aus konnte er über das Wasser auf die Uferwiese und das Haus von Madame Duval sehen – eine Dame, die zweifellos zur besten Pariser Gesellschaft gehörte; und deutlich wie nie zuvor fühlte er sich durch den Fluß von dieser Gesellschaft getrennt. Er, der sein Leben so auffällig genossen hatte, saß grämlich in seinem dunklen Gehäuse, sprach nur das Nötigste mit den Dienstboten, verbannte den Leibwächter Alain aus seiner Nähe, durchschwieg Abende vor dem Kaminfeuer und hockte bis in den frühen Morgen vor den sich wiederholenden Programmen des Fernsehens.

Es war ein Fehler gewesen, im Winter hierherzuziehen. Er holte Erkundigungen über die Menschen der Umgebung ein, verspürte aber keine Lust, einen von ihnen kennenzulernen. Junge Frauen, die er einlud und für ihr Kommen bezahlte, äußerten ohne sich zurückzuhalten ihre Abneigung gegen den Januar auf dem Lande, gegen das düstere Haus, das an manchen Tagen, wenn in der Frühe dichter Nebel über dem Fluß lag und bis zum Mittag über die Uferböschung die Wiese herauf an die Mauer der Terrasse quoll, mit seinen Türmen wie ein gehörntes Steingesicht aus dem Dunst ragte und in kalter Wut auf die helle Villa von Madame Duval auf der anderen Seite zu starren schien.

Nun aber war es Ende März, Fluß und Wiesen trugen manchmal schon ein neues Licht und den unbestimmbaren Duft des sich ankündigenden Wandels. Dentréssangle durfte hoffen, von der Schwermut erlöst zu werden, die während des Winters in seinem massigen Leib angestiegen war wie eine Tintenflut. Schon gab es Tage, an denen der Himmel jenes Blau zu üben schien, das bald an der nicht weit entfernten normannischen Küste klar und hart das Meer überspannen und sich über die Kreideklippen ins Land hinein ausdehnen würde. Die Sonne hing weiß über dem Fluß, die Luft glänzte, gleißende kleine Wellen brachen sich am Ufer, und über den Wiesen stiegen Dampfschleier auf.

Dentréssangle stand auf seiner Terrasse, er atmete das Licht mit den Augen ein, sog den Geruch der nassen Erde in seine Lungen und hörte die Signalhörner der Containerschiffe auf dem Hauptstrom der Seine – und langsam erhob sich in ihm gegenüber Paris und seiner Gesellschaft eine Gleichgültigkeit, die ihn tröstete. Zum ersten Mal war er zufrieden mit seinem Entschluß, in dieses Haus gezogen zu sein; und er nahm sich vor, die Fassade weiß und gelb streichen zu lassen.

Wenige Wochen später – eine für den April ungewöhnliche Nachtwärme hatte Dentréssangle auf die Terrasse gelockt – sah er im Licht des fast vollen Mondes, wie Madame Duval aus ihrem Haus trat; in einem weiten, hochgeschlossenen und knöchellangen Morgenrock, der ihm dunkelrot und aus Samt zu sein schien. Dentréssangle duckte sich hinter die Umrandungsmauer. Was wollte Henriette Duval mitten in der Nacht am Ufer des Flusses? Doch so weit lief sie nicht. Sie hielt bei einer Gruppe von fünf Buchen an und – was tat sie? Er traute seinen Augen nicht. Madame Duval blickte sichernd in die Runde, hockte sich auf die Wiese, breitete den Mantel weit um sich und saß nun in der Haltung eines sich in freier Natur erleichternden Menschen im dünnen Mondschatten der noch nicht belaubten Bäume.

»Madame!« entfuhr es dem Beobachter, und er klopfte sich mit den Fingerspitzen auf den Mund. Konnte wahr sein, was er sah? Madame Duval, zu den besten Kreisen der Hauptstadt gerechnet und Gattin eines ehemaligen Militärattachés, schlich sich nachts aus dem Haus und erledigte im Garten ihre Notdurft?

Nicht daß dies in normannischen Gegenden so ungewöhnlich gewesen wäre, Dentréssangle kannte das vertraute Bild, wenn eine Frau vors dörfliche Langhaus trat, die Röcke hob und sich unter die Apfelbäume hockte. Aber das waren Menschen in

Häusern ohne Toilette, Thérèse Bézier beispielsweise, die bei ihm putzte und etwas außerhalb von St. Martin eine halb verfallene Chaumière bewohnte, drei Söhne und eine Tochter versorgte und Sozialhilfe bekam, seit ihr Mann mit Mitte dreißig an Bauchspeicheldrüsenkrebs, man konnte auch sagen am Apfelschnaps, gestorben war. Thérèse machte immer vors Haus, schütze sich jedoch vor Blicken hinter dem Haufen Schrott, den ihre beiden ältesten Söhne zusammengetragen hatten, um sich damit irgendwann etwas zu verdienen.

Ab und zu kam Dentréssangle dort vorbei, um ein Geschenk für die Kinder zu bringen, denn er mochte Thérèse. Einmal hatte er die Sozialarbeiterin angetroffen, die jeden Dienstag ins Haus kam, und sie hatte ihm verraten, daß Thérèse schon wieder schwanger sei – bloß von wem, wußte sie nicht zu sagen und sah Dentréssangle prüfend an. Das Putzgeld und die staatliche Unterstützung reichten wohl nicht, hatte er laut vermutet, und die strenge Dame von der Fürsorge des Départements Haute-Normandie hatte besorgt genickt und war in ihren kleinen Renault gestiegen.

Diese Erinnerungen gingen ihm durch den Kopf, während er über die Mauerkante hinüberstarrte auf Madame Duval. Er wunderte sich, wie lange sie in der Hocke aushielt. Nun änderte sie ihre Haltung, kippte nach vorn auf die Knie, lehnte zugleich den Oberkörper zurück und stützte sich mit gestreckten Armen hinter dem Rücken auf. Sie legte den Kopf in den Nacken, und Dentréssangle konnte ihr Gesicht im Mondlicht sehen. Es war hell genug, die Weitsichtigkeit seines beginnenden Alters und seine reiche Erfahrung mit weiblichen Gesichtszügen ließen ihm keinen Zweifel: er betrachtete Madame Duval im Zustand höchster Lust. Auch wenn er nichts hörte, so sah er doch, daß sie atemlos war und alles um sich vergessen hatte. Und er konnte sich nicht erklären, was ihre Erregung bewirkt hatte.

Tags darauf erstand er beim Optiker in Caudebéc einen Jagdfeldstecher. Dentréssangle hatte nie viele Skrupel gehabt, doch selbst für ihn bedurfte es einiger Überwindung, sich auf die Lauer zu legen. Er entschied sich dafür, sich nicht als Voyeur, sondern als Wissenschaftler zu sehen, und verbrachte die folgenden Nächte hinter der gläsernen Terrassentür im dunklen Zimmer, blickte über den Fluß auf die Wiese der Duvals, hatte schnell herausgefunden, daß Madame zwar nicht jede Nacht zum Ritual in die Hocke ging, wenn aber, dann stets zur selben Zeit, zwischen eins und halb zwei. Dentréssangle schlief im Sessel, legte sich einen Wecker in den Schoß, erwachte rechtzeitig und gewöhnte seine Augen an die Nacht. Wenn Madame aus dem Haus trat, zückte er das Fernglas, ein gutes, teures Gerät mit Restlichtverstärkung.

Im künstlich aufgehellten, röntgengrünen Bild tat Henriette Duval stets das gleiche, sie hockte sich auf die bekannte Stelle, schloß die Augen, ihre Züge verklärten sich, und sie begann, heftig zu atmen. Nach einiger Zeit ließ sie sich vornüber auf die Kniee kippen, bog den Oberkörper zurück, stützte sich auf die Hände, ließ den Kopf in den Nacken sinken und die Lippen offen stehen. Ihre Brust hob und senkte sich schnell. Ihre Hüften gerieten in kreisende Bewegung. Was immer unter dem weiten Zelt des Mantels geschah, es bereitete Madame offensichtlich ein rauschhaftes Vergnügen, und Dentréssangle mußte sich eingestehen, daß seine Anteilnahme ein streng wissenschaftliches Interesse spürbar überstieg.

Für einen Erfinder, der keine Kosten gescheut hatte, der Menschheit eine Maschine zur ungetrübten Lust zu verschaffen; der mit besten Technikern und hervorragenden Software-Spezialisten endlich das Wunderwerk »Éroseul« auf den Markt gebracht hatte; für einen Mann wie Dentréssangle also, der an den Verdienst, das Vergnügen und die Vernunft glaubte, war das, was sich auf dem Rasen der Duvals ereignete, mehr als ein unerklärliches Phänomen – es war eine Herausforderung. Die innere Einsamkeit des Erfinders hinderte ihn daran, mit irgend jemandem über seine Beobachtung zu sprechen. Er wollte, er mußte allein handeln. So kam es zu jener Begegnung zwischen Madame

Duval und Monsieur Dentréssangle, die weitreichende Folgen haben sollte.

Durch eine mondhelle Mainacht – Henriette Duval hatte heute auf ihr Lustritual verzichtet – eilte Dentréssangle gegen zwei Uhr in dunkelgrauem Anzug, schwarzem Rollkragenpullover und schwarzen Socken über die Flußwiese seines Hauses zum Ufer hinunter, löste das Tau, mit dem der Kahn an die Pfosten des Stegs gebunden war, saß nach heftigem Schwanken glücklich auf dem Querbrett des Bootes, tauchte die Ruder ein und glitt fast lautlos über das träge Wasser zum Steg der Duvals. Er band sein Gefährt fest, schlich sich über Uferweg und Wiese bis zu der Stelle, die ihm so gut bekannt war. Dort kniete er nieder und fuhr mit der Hand über das Gras. Er beugte sich vor und schnüffelte. Er schaltete die mitgeführte Taschenlampe an und leuchtete den Flecken ab.

Nichts als ein stark verkrautetes Stück Rasen bot sich seiner Neugier. Ein paar verspätete Gänseblümchen und zu frühe Kleeblüten. Die übliche Unordnung, dachte Dentréssangle, nichts als die übliche Unordnung. In seiner Ratlosigkeit hockte er sich in eben der Pose, wie er sie an Madame Duval beobachtet hatte, auf das Rasenstück. Die Haltung war ihm peinlich, sie erinnerte ihn an Thérèse Bézier.

Wie Madame Duval ließ er sich auf beide Knie sinken, streckte die Arme hinter sich, bog seinen

Oberkörper zurück und stützte sich auf. Er wartete. Er atmete schwer. Die Anzughose spannte und kniff ihn in die Kniekehlen. Dentréssangle blickte zum Mond auf. Er hätte nicht sagen können, was er erwartete. Aber irgend etwas mußte hier stattfinden. Wozu hatte er sich wie ein Junge, der Indianer spielte, hergestohlen? Was er tat, konnte man Hausfriedensbruch nennen. Nicht auszudenken, was die Presse daraus machen würde. Er kam sich albern vor, verfluchte sich. Aber er wartete weiter – ohne Ergebnis. Er ließ, soweit das seine Fülle erlaubte, die Hüften kreisen. Nichts. Er beschleunigte seinen Atem. Nichts. Plötzlich blieb ihm das Herz stehen.

Die Stimme von Henriette Duval war deutlich, wenn auch nicht laut; von der entschiedenen Höflichkeit, die Dentréssangle nie lernen würde, weil man sie bereits als Kind jenen höchst disziplinierten Hinweisen abgehört haben mußte, die in den Kreisen der Duvals aus Elternmündern so unnachgiebig freundlich hervorschießen, daß man in den Boden versinken möchte. So fühlte der Erfinder sich, als Madame Duval ihren Kopf anstelle des Mondes in seinen Blick schob und sagte, er möge bitte das Grundstück verlassen, da sie sich nicht erinnern könne, ihn eingeladen zu haben. Er werde morgen von ihr hören.

Bevor er aufstehen und etwas stammeln konnte, war die Besitzerin des Grund und Bodens, auf dem er sich befand, bereits auf dem Weg ins Haus. Und als er flüsterte: »Pardon, Madame, ich...pardon«, hatte sie schon leise die Tür hinter sich geschlossen.

Dentréssangle erinnerte sich kaum, wie er in sein eigenes Haus zurückgelangt war. Im Bett noch stieg dem Schlaflosen immer wieder die Schamröte ins Gesicht, wenn er aus gnädigen Wellen oberflächlicher Betäubung aufschreckte und sich bewußt wurde, daß er wirklich erlebt, wirklich getan hatte, was er gern einem Alptraum zugeschrieben hätte.

Am folgenden Vormittag überquerte Cathérine Bézier, die fünfzehnjährige Tochter von Thérèse, im Kahn der Duvals den Fluß und überbrachte Dentréssangle einen Brief von Madame. Tatsächlich einen Brief. Dentréssangle verstand nicht, warum sie ihm nicht einfach ein Fax geschickt hatte.

Monsieur,

Cathérine Bézier, die, wie Sie wissen werden, mir ein wenig aushilft und dieses Schreiben über den Fluß bringt, soll Sie daran erinnern, daß ich Sie für einen guten Menschen halte. Denn ich weiß, daß Sie der armen Familie Bézier ebenso zu helfen bemüht sind wie ich. Ich schicke dies voraus, um Ihnen zu versichern, daß ich Ihren gestrigen Überfall nicht für ein Zeichen von Verrohung halte. Allerdings bedrückt mich, daß ich aus Ihrer Neugier folgern muß, von Ihnen beobachtet worden zu sein, und dies, Monsieur, verletzt mich. Dennoch kann ich verstehen, daß Sie eine Erklärung suchen. Und da ich annehme, daß Sie nicht ablassen werden, das Geheimnis meiner inneren Ruhe zu ergründen, habe ich mich entschlossen, es Ihnen zu eröffnen. Ich lade Sie also ein, heute nacht um ein Uhr über den Fluß zu mir zu kommen. Ich werde Sie erwarten. Es ist unbedingt nötig, daß Sie einen weiten, möglichst langen Mantel tragen. Versuchen Sie nicht, vorab telefonisch von mir Erklärungen zu erhalten. Ich werde diese Einladung nicht wiederholen, und es bedarf Ihrerseits keiner Zusage.

Mit dem Ausdruck meiner vorzüglichen Hochachtung,

Henriette Duval

Der Geladene fühlte sich durch diesen Brief in ein Dickicht widersprüchlicher Gefühle gestoßen. Wut über die herablassende Güte der Schreiberin lag im Streit mit stiller Bewunderung, die sich vermengte mit Freude, Erwartung; zugleich aber schämte Dentréssangle sich noch mehr als zuvor für seinen nächtlichen Übergriff. Er verbrachte den Tag in einer für seine Bediensteten unbegreiflichen Rastlosigkeit, war in heftigen Wechseln mürrisch und heiter, ordnete an, daß am Abend alle das Haus verlassen mußten – auch Alain, ein verschlagener junger Mann, der, als Leibwächter eingestellt, den Kammerdiener spielte und gierig war auf intime Lebensdetails seines Geldgebers, deren Kenntnis vielleicht einmal zu kleineren oder größeren Erpressungen reichen würde. Er nahm sich vor, der

Anweisung Dentréssangles Folge zu leisten, sich jedoch aus der Nähe des Hauses nicht zu entfernen.

Am Abend quollen aus aprikosenfarbenem Horizont ungeheure Wolkentürme, blaugrau und lila und schwarz falteten sie sich zu einem Gebirge auf, das sich vom Meer her aufs Land vorschob, und als die Nacht anbrach, hatte der zu erwartende Regen eingesetzt. Dentréssangle ließ sich davon nicht beirren. Auf der Suche nach einer Bekleidung, die Madame Duvals Forderung entsprach, fand er einen alten Fuchsmantel, fußlang und weit geschnitten. Er hatte den Pelz vor Jahren in Prag erstanden und nie getragen, da seinerzeit als Mörder galt, wer sich in Fellen zeigte. Nun aber war der Zeitpunkt gekommen, das Stück endlich zu nutzen. Madame Duval würde beeindruckt sein.

Kurz vor ein Uhr in der Nacht, es regnete noch immer, lief der Erfinder über die Seitentreppe der Terrasse auf die Wiese hinunter, eilte zum Steg, löste den Kahn, ruderte so heftig, daß er mit wenigen Schlägen das andere Ufer erreicht hatte und mit dem Boot gegen den Steg stieß. Die nassen Planken waren glatt, und Dentréssangle hatte Mühe, aufrecht den Uferweg zu erreichen. Er schaltete die Taschenlampe ein und sah Henriette Duval aus der Haustür treten und langsam den Wiesenhang herunterkommen. In seinem nassen Fuchspelz wirkte er noch massiger, aber er fühlte sich klein und unansehnlich. Madame Duval streckt ihm die Rechte entgegen und lächelte, als sie seine fleischige Hand in ihren schmalen Fingern hielt.

»So sind Sie also gekommen, Monsieur. Wir beide geben ein höchst ungewöhnliches, um nicht zu sagen verrücktes, Paar ab, schätze ich, und wenn wir es nicht besser wüßten, müßten wir denken, wir hätten ein heimliches Rendezvous.«

»Ja, Madame, ich danke Ihnen für die Einladung, und ich entschuldige mich, mein Betragen war unmöglich, Sie haben mich trotzdem eingeladen, und ich bin gekommen, und ich entschuldige mich. Sie werden mir doch verzeihen?«

Henriette Duval lächelte. »Ich habe Ihnen längst verziehen, und wenn Sie sich noch länger entschuldigen, wird die Batterie Ihrer Lampe erschöpft sein, und Sie werden nichts mehr sehen. Also, Sie wissen, was zu tun ist, Sie haben mich ja oft genug dabei beäugt. Nur eines wissen Sie noch nicht – und ich bitte Sie, mich nicht für zudringlich zu halten, wenn ich Ihnen -«

Sie zögerte. Dentréssangle hing an ihren Lippen und fürchtete, sie werde ihn zum Narren halten und ihm die eigentliche, die letzte notwendige Information vorenthalten, sie werde ihn auslachen und zurückschicken. Aber sie fuhr fort: »Sie müssen unter dem Mantel ohne etwas sein, verstehen Sie, ohne etwas.«

»Sie meinen, ich darf keine Hose tragen?« Madame nickte.

»Und auch keine –?« Er fand lächerlich, daß er das Wort »Unterhose« nicht über die Lippen brachte, setzte noch einmal neu an und fragte: »Sie meinen, gar nichts?«

»Ich glaube, das habe ich gemeint, ja«, sagte Henriette Duval. »Ich lasse Sie jetzt allein. Keine Sorge, ich werde nicht aus dem Fenster sehen. Ich wünsche Ihnen alle Freude der Welt. Und vergessen Sie nicht, die Lampe auszuschalten.«

Sie wandte sich um, Dentréssangle folgte ihr mit den Augen, bis die Tür hinter ihr ins Schloß fiel. Er knipste die Taschenlampe aus. Unschlüssig stand er in der Schwärze, der Regen lief ihm über die Glatze, und wieder wurde ihm bewußt, wie verrückt die Lage war, in die er sich gebracht hatte. Er, der sich zu jeder Zeit drei, vier, beliebig viele Frauen ins Haus laden konnte, die sich mit aller erdenklichen Raffinesse um seine Lust bemühten, stand um halb zwei in der Nacht im Regen mitten auf einem fremden Grundstück, bekleidet mit einem Fuchspelz – im Mai! – und erwartete sich, ja was eigentlich? Gedemütigt zu werden?

Auf einmal durchschaute er das Spiel. Madame Duval hatte all dies geschickt arrangiert! Morgen würde sie im Kreis ihrer Freundinnen berichten, wie er, Denis Dentréssangle, Hose und Unterhose ausgezogen und sich nackt ins nasse Gras gehockt hatte! Er hörte das Gelächter, der Tisch vibrierte, die Kaffeetassen klapperten, die Silberlöffel klirrten, es bimmelte häßlich und schrill in seinem Kopf, und er sah die ganze große Damengesellschaft um Luft ringen; jetzt reichte man sich gar eine Zeitung, er konnte sein Bild sehen – sein Herz tat ihm weh, er legte den Kopf in den Nacken und ließ sich den Regen aufs Gesicht fallen. Das beruhigte ihn.

Vom anderen Ufer starrte sein Leibwächter Alain in die Nacht. Seine Augen hatten sich an das Dunkel gewöhnt, und er konnte seinen Arbeitgeber auf der Wiese der Duvals stehen sehen. Er sah, wie Dentréssangle den Mantel öffnete, Schuhe und Strümpfe auszog, Hose und Unterhose, und den Mantel wieder schloß. Aber war nicht Madame Duval schon wieder im Haus? Weshalb zog er sich aus, wenn die Dame weg war? Alain dachte angestrengt nach. Er begriff nicht. Jetzt hockte Dentréssangel sich auf die Wiese, Alain blieb der Mund offen stehen. Was tat sich dort? Ohne Zweifel war Dentréssangle verrückt geworden.

Er ahnte nicht, daß der Beobachtete dies im selben Augenblick gleichfalls von sich dachte. Denn kaum hatte er sich auf den Wiesenfleck gehockt, spürte er, daß etwas nach ihm griff, von unten her, warm, vorsichtig, zärtlich. Sein erster Impuls war aufzustehen, aber schon fand er die Berührung so angenehm, daß er sie länger genießen wollte. Waren es Hände? Zweifellos auch Hände, sie schoben sich drängend vor, zogen sich schamhaft zurück, kehrten wieder. Wie viele? Eben noch hatte er sich bemüht zu zählen, aber schon überließ er sich der Bewegung unter seinem Mantel, sank nach vorn auf die Knie, lehnte sich zurück, stützte sich auf, wie er es an Henriette Duval gesehen hatte, spreizte die Oberschenkel und fühlte sich von Fingern überflutet, von Lippen, Zungen, durch seinen Körper liefen Wellen einer Lust, wie er sie noch nie erlebt hatte, selbst die Tropfen des Regens auf seinem Gesicht schienen ihn zärtlich zu berühren.

Alain hörte das Stöhnen. Er meinte, zuhilfe kommen zu müssen. Aber es lag kein Boot am Steg, Rufe hätten ihn verraten, zum Schwimmen war es ihm zu kalt. Also blieb er, wo er war, und Dentréssangle hatte Gelegenheit, ganz und gar auszukosten, was ihm die Wiese, aber wer dort?, bereitete. Endlich wurde sein Leib wie unter inneren Stromstößen erlöst, und Dentréssangle lächelte wie ein Kind. Er ließ sich keuchend zur Seite sinken und spürte, wie die Hände ruhiger wurden und besänftigend, wie sie tröstend von ihm Abschied nahmen. Eine wohlige Schwäche überkam ihn.

Als er erwachte und um sich blickte, stand hinter seinem Haus am anderen Ufer schon der erste Streifen Licht im Himmel. Dentréssangle fror, sein Mantel war schwer von der Nässe, Kleider und Schuhe lagen durchweicht auf der Wiese. Doch nichts bekümmerte ihn. Er lächelte. Nein, er hatte nicht geträumt. Er betrachtete den Rasenfleck, der sich nicht auffällig von der ihn umgebenden Wiese unterschied, die man eigentlich kaum Rasen nennen konnte – es gab da mehr Löwenzahn, Sauerampfer, Klee und Hahnenfuß als Gräser – und dem doch eine ebenso unbegreifliche wie ausgreifende Fingerfertigkeit eigen war.

Dentréssangle sammelte seine Kleidung ein, schlurfte zum Steg hinunter. Mit ein paar Ruderschlägen erreichte er das ihm gehörende Ufer. Im Haus zurück, trank er einen Schluck Calvados aus der Flasche, ließ sich heißes Wasser in die Badewanne, fügte Rosmarinöl hinzu, pfiff vor sich hin, stieg ins Bad und senkte sich unter wohligem Summen in den Schaum. Es war kurz nach vier Uhr morgens, und Denis Dentréssangle fühlte, daß er in der vergangenen Nacht um Jahre jünger geworden war.

Briefe aus den folgenden Tagen:

Madame,
wie soll ich Ihnen danken? Mein Kammerdiener Alain, der Ihnen diesen Brief über den Fluß bringt, ist leicht zurückgeblieben und außerdem Analphabet, darum kann ich ihm den Brief anvertrauen. Wenn möglich, lassen Sie ihn warten und geben ihm Ihre Antwort gleich mit. Falls Sie Zeit brauchen, meine Bitte zu bedenken, schicken Sie ihn ohne Freundlichkeit davon, gute Worte verträgt er nicht. Sie haben mir, Madame, eine neue Welt eröffnet.

Nein, das ist zu wenig. Sie haben mir das Leben wiedergeschenkt. Ich weiß nicht, wie ich Ihnen danken soll. Ich bin, wie man aus der Boulevardpresse weiß – die freilich von Übertreibung lebt – in Fragen des Genusses in jeder Hinsicht Connaisseur; aber was Ihre Wiese kann, habe ich noch nirgends in der Welt erlebt. Ich frage Sie nicht nach dem Geheimnis. Aber ich bitte Sie, mir noch einmal Gelegenheit zu geben, ganz gleich, zu welcher Zeit. Ich werde Sie nicht belästigen. Aber ich weiß, ich kann ohne dieses Gefühl nicht mehr leben.

Mit meinen aufrichtigsten Empfindungen,

Denis Dentréssangle

Elf Tage später, Dentréssangle war krank vor Ungeduld, ruderte Cathérine Bézier über den Fluß und brachte folgende Antwort:

Monsieur,

meine kleine Cathérine war lange nicht hier, und ich selbst kann nicht rudern. Vor fünf Tagen hat Madame Bézier einen Knaben entbunden. Ihr fünftes Kind! Er wird Joséph heißen wie mein Mann, der ihm ein Sparbuch zur Geburt geschenkt hat. Wäre es nicht schön, wenn auch Sie dem Jungen etwas von Ihrem Geld abgeben würden? Auch wäre Madame Bézier gewiß erfreut, wenn Sie dieser Tage einmal bei ihr vorbeisehen könnten. Sie ist zuhause. Docteur Delgrange sagt, es gehe ihr den Umständen entsprechend gut. Cathérine mußte natürlich den Haushalt versorgen, die großen Jungen machen keinen Finger krumm. Versprechen Sie mir, daß Sie die Béziers besuchen und ihnen helfen?

Mit unverbrüchlicher Hochachtung,

Henriette Duval

ps: Ach ja, das hätte ich nun über den neuen Erdenbürger fast vergessen: Von morgen an sind wir für vierzehn Tage in Aix. Sie können natürlich jederzeit meinen Rasen nutzen, und nach meiner Rückkehr werde ich gern einen Stundenplan mit Ihnen vereinbaren. Ich bitte Sie nur, mich künftig nicht mehr zu beobachten. Und ich will nicht versäumen, Ihnen mein Bedauern darüber mitzuteilen, daß Sie einen Mann, den Sie Ihren ›Kammerdiener‹ nennen (erstaunlich, nicht wahr, wie gute Einrichtungen die Zeiten überdauern), mir gegenüber so herabsetzen müssen.

Am selben Tag schickte Dentréssangle seinen Leibwächter Alain mit einem Brief über den Fluß, und wie das vorige Schreiben kopierte Alain auch dieses im Arbeitszimmer, bevor er es überbrachte.

Madame,

ich bin glücklich. Nicht darüber, daß Sie wegfahren, denn ich fürchte, die Wiese ist nicht so wild, wenn Sie fort sind. Aber das werde ich ja sehen. Ich bin glücklich, daß Sie mir erlauben zu leben. Das klingt aufgeblasen, ich weiß, doch es ist so. Bevor Sie fahren, will ich Ihnen nur sagen, daß mein Leben trotz allem Geld bisher irgendwie nicht richtig spannend war. Ich habe ja eigentlich fast alles erlebt. Ich war ein paar Mal verheiratet, ich habe vier Kinder von drei Frauen, ich kann mir alles kaufen, worauf ich Lust habe. Ich kenne die Welt. Ja, ich war wirklich überall, und ich hatte überall Frauen. Aber alle, die ich hatte, ich meine wirklich: alle zusammen, wenn ich ehrlich bin, waren nichts gegen das, was Ihre Wiese mir gegeben hat. Ich sehne mich danach. Und ich danke Ihnen, ich gebe Ihnen all meine guten Wünsche mit auf die Reise.

Mit ganz besonderer Zuneigung,

Denis

Umgehend antwortete Henriette Duval, sie unterbrach das Kofferpacken und wies Alain an zu warten. In flüchtigen, großen Buchstaben warf sie hastig einen Text auf das Papier, kniff dabei Lippen und Augen zusammen, faltete die beiden Blätter achtlos und stopfte sie in den Umschlag. Alains Grinsen alarmierte sie, aber sie bewahrte Haltung und wandte sich, als die verbogene Gestalt des Leibwächters aus dem Haus war, wieder dem Gepäck zu.

Nervös riß Dentréssangle den Brief an der Seitenkante auf, obwohl er nicht verklebt war, und wies Alain aus dem Terrassenzimmer. Er lief umher und las, er setzte sich und las ein zweites Mal:

Monsieur,

keinesfalls wollte ich Sie ermutigen, mir ausführlich über Ihr bisheriges Leben und die ausgebliebenen Bewegungen Ihrer Seele zu berichten. Ich glaube,

daß ich Sie zu derart vertraulichen Mitteilungen weder ermuntert habe noch sie zu ertragen in der Lage bin. Ich bitte Sie also dringend, alles für sich zu behalten, was mit Ihren Gefühlen in Zusammenhang steht. Daß wir dieselbe Rasenstelle genießen, berechtigt Sie, glaube ich, nicht dazu, mich zur Vertrauten ihrer Lust an intimen Geständnissen zu machen. Oder sprechen Sie auch mit Leuten so, mit denen Sie beispielsweise ein Bräunungsstudio geteilt haben? Ich muß Sie herzlich bitten, die zwischen uns notwendige Distanz einzuhalten, und ich werde meine Zustimmung zur Nutzung des Glücksrasens nach meiner Rückkehr davon abhängig machen, daß Sie meiner Bitte Rechnung tragen. Auch wünsche ich den Menschen, den Sie mit Ihren Botschaften beauftragen, nicht wiederzusehen.
Madame Duval

Als Denis Dentréssangle zweiundzwanzig Jahre alt war, hatte sein Vater ihn noch einmal, zum letzten Mal, geohrfeigt. Den Anlaß hatte Denis vergessen, nicht aber die Empfindung. Die gleiche Mischung aus Wut, Scham, Empörung und Ohnmacht, die ihn damals dazu gebracht hatte, seinem Vater ins Gesicht zu schreien: »Du sollst sterben, ich will dich tot sehn, kannst du nicht endlich krepieren!«, kochte jetzt wieder in ihm, und wieder flüchtete er, um sich Erleichterung zu verschaffen, in Todesphantasien. Er sah Monsieur Duval im Rollstuhl die Wiese herunterfahren, der hilflose Mann schoß, gräßlich beschleunigt, übers Ufer auf den Fluß hinaus, in dem er nach kurzem Flug mit seinem Gefährt versank, während Madame schreiend zum Steg lief und, den Ertrinkenden zu retten, ins Wasser sprang, das aber die Unglückliche ebenso verschlang wie ihren Gatten. Dentréssangle atmete tief. Doch seine Wut war nur wenig gelindert.

Die freche Kälte, mit der Henriette Duval ihn in die Schranken gewiesen hatte, tat ihm bis in den Magen weh. Sie würde ihn kennenlernen, die bessere Dame, sie würde ihn noch anflehen, als Bettlerin würde sie vor seiner Haustür kriechen, und er würde sie zwingen, den Brief Wort für Wort zu widerrufen, ihn zu zerreißen, zu verbrennen. Man machte also einen kleinen Urlaub in Aix? Dentréssangle faßte sich, das dunkle Klopfen in seinen Schläfen wurde leiser. Gut, dachte er, nichts übereilen, ich habe vierzehn Tage Zeit, ich kann mit kühlem Kopf überlegen. Madame Duval, Sie werden sich noch wünschen, niemals Lust empfunden zu haben.

Am folgenden Vormittag beobachtete Cathérine Bézier, wie Monsieur Dentréssangle und sein Leibwächter Alain in ihrem Ruderboot übersetzten, mit einem Spaten einen Fleck der Duval'schen Wiese in quadratischen Platten abstachen und in einen mitgebrachten Plastiksack warfen. Wie die Männer dann mit dem gefüllten Sack in ihren Kahn zurückkehrten, über den Fluß ruderten, auf der Wiese von Dentréssangle ein gleich großes Stück ausstachen, auf der offenen Erde die Grasplatten aus dem Sack zusammenfügten, festtraten und wässerten, sodann die Teile der dortigen Wiese in den Sack füllten, übersetzten und sie in die Wunde auf dem Grundstück der Duvals legten; wie die beiden Männer dann, nicht ohne das verpflanzte Rasenpuzzle auch hier festgestampft und angegossen zu haben, mit dem Boot zum Grundstück Dentréssangles zurückruderten und in seinem Haus verschwanden.

Cathérine, die fünfzehnjährige Tochter von Thérèse Bézier stand, ein Staubtuch in der Hand, im ersten Stock des Hauses am Fenster des Arbeitszimmers von Madame Duval. Sie konnte sich nicht erklären, was sie sah. Aber sie spürte, daß hier am hellichten Tag etwas Dunkles vor sich ging, sie sah es am Gang und an den Blicken der beiden Männer. Es fehlte ihnen die Selbstverständlichkeit, mit der Handwerker sich auf fremdem Grund bewegen. Und so gab sich Cathérine dem Monsieur von gegenüber nicht zu erkennen, öffnete das Fenster nicht, rief nicht: »Guten Morgen, Monsieur Dentréssangle«, sondern hielt sich still hinter der Blendung, mit der die Sonne sie vor den Blicken der beiden Männer verbarg.

Wenn Madame Duval aus Aix zurückgekehrt wäre, würde Cathérine ihr berichten, was sie gesehen hatte.

Dentréssangle war inzwischen kaum mehr Herr seiner Begierde; er verlor einige Pfunde, was ihm gut stand, konnte von der Wollust, die das Wiesenstück ihm verschaffte, nicht satt werden; er ließ ein hohes, weißes Zelt darüber errichten, suchte es jede Nacht auf, setzte sich manchmal sogar untertags, wenn er sich allein glaubte, auf die gestohlene Stelle und ließ seinem Stöhnen und Hecheln und Grunzen freien Lauf.

Alain stand jedes Mal in der Nähe. Er nahm die Geräusche und seine Beobachtungen mit einem Diktiergerät auf und trug die kleine Kassette stets bei sich wie einen kostbaren Gegenstand, dessen Wert täglich wuchs. Und während sich in Dentréssangles Kopf die Idee ausbreitete, die Glückswiese müsse nach der Lust auch dem Geschäft dienen, und zwar einem, das den Erfolg von »Éroseul« weit in den Schatten stellen würde, wartete Alain auf den Augenblick, in dem er selbst erkunden konnte, was es mit der Verzückung auf sich hatte, die sein Geldgeber offenbar erfuhr.

Die Gelegenheit ergab sich, als Dentréssangle mit einer Rasenschere vorsichtig den Glücksfleck zurückgeschnitten, das angefallene Grünzeug mit einem batteriebetriebenen Tischstaubsauger eingesammelt hatte und mit der Beute nach Rouen gefahren war, wo im botanischen Institut der Universität ein junger Dozent auf ihn wartete, dessen Vater Dentréssangle verpflichtet war und ihm wegen einer in Freundschaftsdiensten vertuschten Affäre keine Bitte abschlagen konnte.

Kaum war der Herr war aus dem Haus, ließ Alain die Hose herunter und setzte sich auf den geschorenen Wiesenfleck. Ihm war gleich, ob man ihn sehen konnte, er ließ den Eingang des Zeltes weit offen stehen, weshalb Cathérine, die im Hause Duval an jenem Nachmittag die Topfpflanzen wässerte, aus der Ferne dem Leibwächter geradewegs zwischen die Beine blickte, als dieser seine erste Erfahrung mit dem atemberaubenden Glückskraut machen wollte. Sie begriff angesichts seiner verzweifelten und sehr komisch anzusehenden Verrenkungen, daß dort etwas nicht so vor sich ging, wie Alain es erwartet hatte. Da, was das Mädchen nicht wissen konnte, das Kraut an Alain versagte, oder er an dem Kraut, verhalf er sich schließlich selbst fluchend und unter wildem Gezucke zur erwarteten Entspannung. Man mußte dabei um Cathérines fünfzehnjährige Seele nicht besorgt sein, das Mädchen hatte in jüngeren Jahren zu Hause an den Besuchern der Mutter schon so ziemlich alles studiert, was zu beschreiben sich hier erübrigt – die grobe Seite der Liebe ist samt der Sehnsucht danach wohl jedem Bürger bekannt. Und Cathérine war glücklich genug, selbst den Händen solcher Kerle wie Alain bisher entgangen zu sein. Da der nun glaubte, daß für die wundersame Beglückung durch den Wiesenfleck offenbar geheime Schaltungen oder aber Codes nötig waren, suchte er nach dem verborgenen Mechanismus im kurz- geschnittenen Gras und war, als er nichts ihm Verständliches entdeckte, sicher, daß Dentréssangle die phantastisch neue, segensreiche Erfindung mit einem Paßwort versehen hatte. Er würde das nötige Wissen aus dem Alten schon herauskriegen und an der Vermarktung gehörig mitverdienen.

Erschöpft und siegesgewiß trat Alain auf die Wiese hinaus, setzte sich nahe dem Flußufer ins Gras, ließ sich auf den Rücken sinken, sah in den wolkenschweren Himmel und malte sich eine goldene Zukunft aus.

»Nein«, sagte zur selben Zeit der Botaniker, den Dentréssangle in Rouen aufgesucht hatte, »wir haben hier nichts, was von der üblichen Wiesenfamilie unserer Region abweichen würde. Die lateinischen Namen werden Ihnen nichts sagen, *Ranunculus acer*, *Trifolium pratense*, *Leontodon taraxacum*, ich lasse sie darum weg, aber wie schon konstatiert, ein Feld-, Wald- und Wiesenstück allgemeinster Sorte, kein Rasen eigentlich, wenn ich mir erlauben darf, nicht besonders gepflegt, aber gerade darum eine Mischung, die den Botaniker erfreut, also Löwenzahn, Sauerampfer und Gänseblümchen, Klee und Brennesseln, dazu vier Sorten Gräser, Ackerwinde, Männertreu, Hahnenfuß, auch Fünffingerkraut, *Potentilla speciosa*, ja, das ist ein wenig unüblich, weil diese niedrig wachsende

Varietät, die nicht hartbuschig austreibt, eher im Süden anzutreffen ist, Provence etwa, ursprünglich aus Kreta, wird wohl hier eingeschleppt sein und hat sich akklimatisiert – tja, mehr nicht, tut mir leid, möchten Sie das Schnittgut wieder mitnehmen?«

Auf der Heimfahrt nahm Dentréssangle Abschied von den Träumen seiner Hinfahrt. Da hatte er dem Wunderkraut schon einen geschützten Markennamen verpaßt, »Herbonheur«, abgeleitet und zusammengefaßt aus »Herbe de Bonheur«, Gras der Glückseligkeit, und hatte Zug um Zug sämtliche Großgärtnereien der Umgegend aufgekauft, in Plantagen züchtete seine Phantasie das Geschäft mit der Lust, endlich ohne mühselige Technik, endlich ganz biologisch, *nature pure*, man würde ihm das Glückskraut aus der Hand reißen, ihn bewundern, ihm Orden verleihen, vielleicht den Nobelpreis, und am Ende seines Lebens würde man ihn unter der bewegten Teilnahme der Pariser Gesellschaft, vom Staatspräsidenten über die Minister bis zu den Straßenmusikanten und Blumenmädchen, gewaltiger noch als damals Victor Hugo, in seinem geschmückten Sarg ins Panthéon tragen, als den großen Sohn Frankreichs, der seine Nation endlich zu dem gemacht hatte, was zuvor nur ihr bezweifelter Ruf war: zum Land des Eros, das der Menschheit erneut eine Revolution geschenkt und den Welt-Idealen von Freiheit, Gleichheit, Brüderlichkeit endlich auch die Lust hinzugefügt hatte. Er hatte die Menschheit schon überall hosenlos auf seinem »Herbonheur« hocken sehen, in der afrikanischen Steppe, den Vorgärten des amerikanischen Mittelwestens, im japanischen Hochland, in den Tälern Tibets und auf deutschen Balkonen, eine Milliarde Chinesen hatte er knien und mit den Hüften wackeln gesehen, und auf einmal war ihm klar geworden, daß aller Reichtum der Welt, ob Öl, ob Computersoftware, ob Goldvorräte, Diamantenminen oder Wasserrechte, nichts waren gegen dieses Kraut, gegen dieses eine Stück Rasen. Er, Dentréssangle, würde ein Patent auf die Lust haben, er würde den Menschen eine saubere, natürliche und immer funktionierende Befriedigung ihres stärksten Triebes verkaufen, gefahrlos, folgenlos, anspruchslos, »Herbonheur« war die immerwährende Bereitschaft, man mußte nicht einmal eine Gebrauchsanweisung lesen.

Dentréssangle hatte laut »Ah!« vor sich hin gesagt in seinem Wagen, so sehr bewunderte und beglückwünschte er sich; er war, noch wußte dies niemand außer ihm, der Held des Jahrhunderts. Er weinte vor Rührung, als er in den Massen, die ihm zujubelten, Millionen Frauen lächeln sah... Und war nicht einer, der soviel Glück über die Menschheit brachte, geradezu prädestiniert für höchste politische Ämter?

Es regnete, als er zurückfuhr. Die Scheibenwischer schoben seine Träume zur Seite. Das Licht zog sich aus dem Himmel und von der Straße zurück, und Dentréssangle wußte nicht, ob die Wolken wuchsen oder ob es Abend wurde. Er fuhr langsam, ließ die Scheibe herunter und warf das Tütchen mit dem Grasschnitt hinaus, Wassernebel sprühte ihm ans Ohr, und er hörte, wie die Reifen auf dem nassen Asphalt »nichts nichts nichts nichts« vor sich hin zischten. Er schloß das Fenster und verfluchte Madame Duval. Er verfluchte den Botaniker in Rouen. Aber wer garantierte ihm, daß der sein Handwerk verstand? So leicht gab ein Dentréssangle nicht auf. Er würde das Rasenstück wachsen lassen, erneut schneiden und einer wirklichen botanischen Kapazität in Paris vorlegen. Er neigte den Kopf nach rechts und lächelte sich selbst im Innenrückspiegel zu.

Zuhause wartete Alain auf ihn. Nicht im Dunkeln und nicht an der Haustür und nicht mit einem Regenschirm. Alain wartete hinter Dentréssangles Schreibtisch in Dentréssangles Schreibtischsessel, und in seinem Mund qualmte eine von Dentréssangles Zigarren. Er bemühte sich, souverän auszusehen. Aber alles an ihm zeigte, daß er am falschen Ort war. Sein Geldgeber erfaßte mit einem Blick zweierlei: einmal, daß Alain ein Geschäft vorhatte, dem er nicht gewachsen war, zum anderen, daß er dafür eine Pose wählte, die ihm im Kino oder Fernsehen imponiert hatte. Dentréssangle war zu geschwächt, um einen frontalen Schlag führen zu können. Er entschied sich für Umarmungstaktik.

»Gut, meine Zigarren, was?«

»Na ja, es gibt bessere, und ich werde davon so viel haben, wie ich will, Denis, das weißt du doch, oder? Wenn nicht, tust du mir leid.« Alain probte das Grinsen intelligenter Schurken. Schurke genug war er.

»Oh, du wirst noch sehr viel mehr haben«, half Dentréssangle seiner Phantasie auf die Sprünge, »nicht nur Zigarren, du wirst Häuser haben, Golf spielen, dich mit interessanten Frauen über Oper und Literatur unterhalten, du wirst mit Anwälten darüber sprechen, wie sie dein Geld anlegen sollen, und du wirst einem Club in Paris angehören, wo die Zeitungsverleger und Fernsehchefredakteure -«

»Ich geh in keinen Club«, schrie Alain, »ich laß sie alle bei mir antanzen. Wir beide machen halbe, halbe, und ich halt die Schnauze über unsern kleinen Ausflug zu den Duvals, ich hab ja gedacht, jetzt bist du verrückt geworden, Denis, gehst 'n Stück Wiese klauen, ach du meine Scheiße, hab ich gedacht, jetzt hat er bloß noch Sülze im Kopf, aber du bist ja nicht blöd, das einzige Blöde an dir ist, daß du denkst, ich wär blöd, bin ich aber nicht. Du hast eine Supererfindung geklaut und glaubst, du kannst für dich behalten, wie sie funktioniert. Aber ohne Alain wird das kein Geschäft, sondern Knast. Also das Paßwort her und dann halbe, halbe, und die Fickwiese bleibt unter uns.« Er lachte. »Nee, eben nicht unter uns, kommt unter alle, unter alle, die bezahlen können, was denkst du, so'n Blumentopf voll Wiese, dreihundert Francs, und wenn nur hunderttausend geile Typen kaufen, sind das dreißig Millionen, oder?«

Dentréssangle begriff, daß sein Leibwächter wirklich der Idiot war, für den er ihn hielt: die Faselei mit dem Paßwort nahm er nicht ernst, aber die Geldmenge zeigte den Stümper. Alain konnte sich nicht vorstellen, daß ein solches Geschäft mit der Lust in die Milliarden ging. Er überlegte, ob er ihm fünfzehn Millionen anbieten und ihn sich damit vom Hals schaffen sollte. Nein, Kerle wie Alain hatten zwar keine Ahnung, aber sie besaßen eine genetische Veranlagung, Geld zu riechen. Er würde bei einem Angebot von fünfzehn Millionen sofort wissen, daß da, wo freiwillig fünfzehn Millionen gegeben werden, auch dreißig oder sechzig oder hundert liegen.

Dentréssangle beschloß, sich erst einmal Zeit zu verschaffen. Er entnahm seinem Bibliotheksschrank eine Flasche Hors d'age und zwei Gläser; nach dem vierten Glas Calvados räumte Alain seine Position, nach dem fünften schleppte er Holz herbei und zündete den Kamin an, nach dem sechsten umarmten sich Herr und Knecht, gelobten sich mit dem siebenten ewige Treue und redliches Teilen sowohl des Geheimcodes wie der zu erwartenden Geldströme. Am Boden der Flasche wankten sie hinaus auf die erleuchtete Terrasse, stützten einander auf der Treppe, krochen über die nächtliche Wiese ins Zelt und öffneten ihre Hosen. Alain lallte: »Jetzt mußt du das Paßwort -«, ließ Denis den Vortritt, der sich umständlich entkleidete, während sein verbrüderter Leibwächter das dringende Bedürfnis verspürte, sein Wasser abzuschlagen, zwei Schritte aus dem Zelt tat, sich in der um die Füße gekräuselten Hose verfing, vornüber ins Gras fiel und sofort einschlief.

»Bemühen Sie sich nicht!« Henriette Duvals Stimme flog durch die Dunkelheit über den Fluß. »Sie werden sich erkälten!«

Wieder vernahm Dentréssangle den Ton überheblicher Distanz, der ihn lächerlich zu machen suchte. Er schwankte und starrte aus dem Zelteingang in die Nacht.

»Möchten Sie mit mir sprechen, Monsieur? Dann kommen Sie herüber! Oder trauen Sie sich nicht über den Fluß? Warten Sie, ich machen Ihnen Licht!«

Langsam tauchte das Haus der Duvals aus dem Dunkel auf, ein bläuliches Licht floß vom First übers Dach an der Fassade herab und glitt, sich verbreitend, auf die Wiese, kroch über den Fluß und an der Seite Dentréssangles wieder herauf, bis es auch ihn erfaßte. Er sah, daß drüben nicht nur

Henriette Duval in weißem Abendkleid stand, sondern daß dort eine ganze Gesellschaft versammelt war, Herrschaften in Smoking und Robe, Monsieur Duval in rotem Seidenfrack und silbern blitzendem Rollstuhl, aber auch Thérèse Bézier mit dem Baby im Arm, ihre Tochter Cathérine, die drei Söhne, Docteur Delgrange aus St. Martin – alle wandten ihm das Gesicht zu, mit vernichtendem Ernst. Er vergaß, daß er entblößt vor ihnen stand und sich bleichhäutig ihren Blicken bot. Alain schnarchte im Gras und ließ die Doppelkuppel seines Gesäßes leuchten.

Jetzt hörte Dentréssangle Cathérine lachen. Schlagartig wurde ihm bewußt, daß er nackt war, er bedeckte sich mit beiden Händen. Jenseits des Flusses vermischte sich das Mädchenlachen mit dem anschwellenden Gelächter aller Gäste. Der Verlachte wandte sich zur Flucht und rettete sich in sein Haus. Er schlug die Tür seines Bibliothekszimmers hinter sich zu und lief zum Fenster. Die Gesellschaft war verschwunden, das Licht hatte sich bis auf einen glänzenden Streifen auf dem First des Duvalschen Hauses zurückgezogen, über Wiesen und Fluß lag undurchschaubare Nacht.

Der neue Tag hob sich wolkenlos und blendend über das Tal. Der Himmel war glasblau und kalt. In der klaren Luft gewann alles Sichtbare überscharfe Konturen.

Am Vormittag kam Thérèse zum Putzen. Sie habe Alain im Dorf getroffen, berichtete sie, mit einer Reisetasche und einem Korb, in dem sie Gras gesehen habe. Er habe auf den Bus nach Rouen gewartet und wolle wohl dort den Zug nach Paris nehmen. Madame Duval sei schon am Morgen bei ihr gewesen und habe ihr wieder etwas Geld gebracht, die gute Madame. Und einen Brief an ihn habe sie ihr mitgegeben, sagte Thérèse und reichte Dentréssangle den Umschlag.

Monsieur,
diesen Brief gebe ich nicht Cathérine, weil ich nicht möchte, daß das Mädchen Ihr Haus noch einmal betritt. Thérèse Bézier wird ihn überbringen. Ich habe mich leider in Ihnen getäuscht, Monsieur. Erinnern Sie sich, daß ich Sie in meinem ersten Brief noch für einen guten Menschen hielt? Aber noch immer haben Sie das Haus von Madame Bézier seit Joséphs Geburt nicht aufgesucht. Sie bezahlen sie für's Putzen, und ich hoffe anständig, aber es ging mir um die Geste, um Nähe.

So verwundert mich nicht, daß Sie nun auch mein Vertrauen mißbraucht haben. Es ist leicht zu begreifen, was Sie mit dem Wiesentausch bezweckt haben. Wie töricht Sie doch sind. Denn, nicht wahr, das Fleckchen wird Ihnen nun keine Dienste mehr leisten. Konnten Sie das wirklich nicht voraussehen? Es gibt in meiner Wiese kein Glückskraut. Und auch in der Ihren nicht. Was es gab und gibt, ist meine Sehnsucht, meine Treue zu meinem Mann, meine Phantasie. Der Rest, Monsieur Dentréssangle, war und ist Sache eines Gottes, den Sie zur Massenware gemacht haben, den Ihresgleichen mißbraucht, verkauft, gedemütigt und zum Verbrecher erniedrigt hat, den Sie in großen Ländereien züchten wollten, nicht wahr? Ein geschändeter und geschundener Gott, den Sie in Geld verwandelt haben und der nun, um sich zu rächen, sein Spiel mit Ihnen getrieben hat. Er hat Sie ahnen lassen, zu welchen Wundern er fähig ist; und jetzt entzieht er Ihnen, wonach Sie süchtig geworden sind. Sie werden ihn gewiß weiter schänden, aber was immer Sie mit ihm tun, er bleibt, was er war und ist: ein Gott. Voller Gnade und Launen. Haben Sie ihn nicht bei uns stehen sehen auf der Wiese, gestern nacht? Haben Sie nicht gehört, wie er lachte?

Ich bin fast sicher, daß Sie mich nicht verstehen werden. Ich verbiete Ihnen, fortan mein Grundstück zu betreten. Das gestohlene Stück Rasen können Sie gern behalten.

Henriette Duval

Die Verfasserin des Briefes sah, wie sie erwartet hatte, Denis Dentréssangle aus seinem Haus auf die Terrasse stürzen, die Treppe zur Wiese hinunterstolpern und im Zelt verschwinden. Sie horchte. Sein Schrei war bis hinter das Fenster ihres Arbeitszimmers zu hören. Schon riß ihr Nachbar das Zelt auf und lief hinaus auf die Wiese, hielt seine Hose am Gürtel fest und schrie immerfort, trat nach dem Zelt, bis es in sich zusammenfiel, keuchte die Stufen zur Terrasse hinauf und rannte zurück ins Haus. Als sie sicher war, daß er hinter seinem Fenster stand und wütend zu ihr herübersah, zog sie ihren Morgenmantel aus rotem Samt über.

Denis Dentréssangle sah Henriette Duval aus der Tür treten und langsam über ihre Wiese zu der ihm bekannten Stelle neben den Buchen gehen. Ausführlich breitete sie den Mantel als Glocke um sich, als sie in die Hocke ging. Der Beobachter sah, wie sich die Zärtlichkeit des Glückskrauts in ihrem Gesicht spiegelte; sie ließ sich auf die Knie nieder, lehnte sich zurück und stützte sich auf; sie öffnete den Mund und schloß die Augen. Langsam sank ihr Kopf in den Nacken, und ein schöner, sanfter Rhythmus nahm Besitz von ihr.

Dentréssangle starrte durch das Fenster der Terrassentür. Er sah den Gott nicht, der sich über Madame Duval beugte. Er flüsterte »Herbonheur« und ahnte, daß das schwächende Gefühl, das aus seinen Waden emporwuchs, Ausdruck einer nicht beherrschbaren und unwiderruflichen Verwirrung war, die in wenigen Augenblicken sein Herz heimsuchen würde, und dann, durch den Hals aufsteigend, das Innere seines Kopfes.

Und so geschah es.

Die dreizehnte Geschichte

Gab es eine häßlichere Gegend? Eine schmutzigere Stadt? Hatte er dies unter einer »Oase« erwartet? Nicht einmal der Regen, der seit dem Morgen anhielt, konnte hier Sauberkeit schaffen. Er fror. Wohin der Blick fiel, Müll, im Rinnstein neben den kleinen Läden, aus denen ein Mischgeruch aus Seife, Safran und Süßgebäck quoll, Dreck, blutige Abfälle und weiße Haut- und Fettreste vor den Bordsteinen der Metzgereien, wo die hängenden Hammelkeulen und Schafschädel von Fliegenwolken umschwärmt und wie auf geheimes Kommando hin besetzt wurden; sie sahen dann aus, als trügen sie einen schwarzen Grind.

Aus den Barbiergeschäften glotzten eingeschäumte Männerköpfe, der Gestank billiger Pomade mischte sich mit dem Essensgeruch der Garküchen aus Koblauch, Fisch, Zwiebeln und scharf gewürztem Fleisch, heißem Tee und Kaffee. Über allem aber lag ein deutlicher Hautgoût von Urin, der aus den Mauern der Hausecken und dunklen

Eingängen, aus den Straßenpfützen und Gullis aufstieg.

Niemandem außer ihm schien das etwas auszumachen, aber in ihm revoltierte der Magen gegen das Aroma dieser Stadt, obwohl es sich in der ungewöhnlichen Kälte nur milde entfaltete, sein Kopf rebellierte gegen die jaulende Musik, die aus zahllosen kleinen Lautsprechern quäkte und sich in seinen Schläfen zu einem unerträglichen Kreischen summierte. Er kniff die Augen zusammen und zog den Kragen seiner Jacke dicht. Der Regen stand schräg in der Straße.

Er hatte sein Gepäck auf das versprochene Wüstenklima eingerichtet. Seine Reisegruppe war längst zu fernen Wadis unterwegs, zu Canyons und Felszeichnungen, über Hochebenen aus buntem Kies und riesenhafte Platten aus Sandstein. Er hatte verschlafen, man hatte ihn nicht geweckt, niemandem war aufgefallen, daß er fehlte, er mußte sich vier Tage in dem kalten Hotel aufhalten, das sich durch die in diesen Gegenden übliche Ungemütlichkeit auszeichnete, nichts war hier vollständig ausgeführt, die eisigen Marmorböden nicht glatt verfugt, im Duschbad die Kacheln nicht bis zum Rand verlegt, der graue Teppichboden im Zimmer zu knapp geschnitten und an den Rändern ausgefranst. Die Decken auf dem Bett waren feucht.

Zur Not konnte er verstehen, warum die Menschen hier gern in Häusern lebten, die nicht zuende gebaut waren, da erst für ein fertiges Haus Grundsteuer bezahlt werden mußte; aber die zusammengepfuschten Interieurs weckten sein Mißtrauen. Vermutlich verbarg sich dahinter eine Arroganz gegenüber den Fremden, auf deren Geld man angewiesen war. Oder einfach Unfähigkeit und unausrottbare Trägheit – Gedanken, die ihn zum Rassisten machten.

Er suchte in einer überdachten Gasse vor dem Regen Schutz, lief weiter und nahm nun erst wahr, daß er in den Souk geraten war. Hier, am äußeren Rand der Gewirrs aus Tonnengewölben, Gassen, Magazinen bauchten sich die Tische in den Weg, zugepackt mit kleinen hölzernen Kamelen, gepunzten Messingschälchen und emaillierten Schmuckdosen, bunten Käppchen und Mützen, Ledertaschen und Sandalen, und die Händler lockten auf deutsch und englisch in die Tiefe ihrer Läden, wo sie noch mehr Kitsch vorrätig hielten.

Er ging ohne auf die »Good Price«-Rufe zu achten weiter. Langsam verloren sich die grellen Farben und der Glanz, in der Tiefe des Souk geriet er in die tunnelartigen Gänge, wo der täglichen Bedarf für die Einheimischen feilgeboten wurde. Durch vergitterte Öffnungen im Gewölbe fiel geringes Licht. Er verlor die Orientierung. Mit dem Himmel war ihm die Richtung genommen. Man wandte den Kopf nach ihm um. Plötzlich fühlte er sich als Weißer, Fremder, Europäer, seine Schritte wurden unsicher, sein Herz schlug laut und stolpernd, und er spürte, daß ihm Schweiß auf die Stirn trat. Er mußte stehenbleiben, als die Spindel aus Angst sich in seinem Kopf zu drehen begann.

Er nahm wahr, daß er vor dem dunklen Laden eines Kannen- und Dosenmachers stand. Im Hintergrund lagerten Bleche, aus denen der Alte Streifen schnitt und zu zylindrischen, kegelförmigen und viereckigen Behältnissen, zu Ofenrohren und Deckeln zusammenlötete; er trug einen schmutzigweißen Turban und arbeitete schweigsam und angestrengt, zog die struppigen Augenbrauen zusammen und beugte sich dicht über sein Werkstück. Er achtete nicht darauf, daß der Fremde ihm bei der Arbeit zusah. Der fühlte sich wie betäubt, er konnte nicht weiter, ging in die Knie und hockte sich vor den Blechschmied. Der alte Mann ließ die halbfertige, verzinkte Büchse in die Lederschürze sinken, legte seine schwerfingrigen Hände darauf und blickte dem Fremden ins Gesicht. Er konnte die Angstspindel sehen.

Der Blechschmied dachte nach, nickte, hob das Werkstück zur Seite und stand auf, lief in die Tiefe seines Ladens, drehte die Ventile der Gasflaschen zu, schob seinen Stuhl zurück, zog die eiserne Jalousie nach unten, sicherte sie mit einem Ringschloß an dem im Boden eingelassenen Bügel und griff unter den Arm des Fremden, der sich schwankend erhob, mit weit geöffneten Augen, die nichts zu sehen schienen. Er ließ sich von dem kleineren Alten führen, der den Kopf vorgeneigt hielt, als sei ihm der Turban zu schwer, und dessen graublauer Kittel so lang war, daß der Saum den speckig glänzenden Steinboden fegte.

Sie stiegen linkerhand eine Gasse hinauf, wichen dem hoch beladenen Handkarren eines Melonenhändlers aus, der unter wiederholten Warnschreien auf der abschüssigen Strecke bremste, indem er sich auf einen schleifenden Autoreifen stellte, welcher durch eine kurze Kette mit der Achse des Karrens verbunden war. Nach weiteren Wegbiegungen neigte sich die Gasse, es wurde warm, im Deckengewölbe fehlten die vergitterten Durchbrüche, und der Fremde sah, daß er in ein düsteres, von blakenden Öllampen spärlich erhelltes und offenbar tief in der Stadt liegendes Gebiet geführt wurde, in dem das Netz der Gänge seine Geometrie verlor und sich wie ein Geflecht aus Adern mit immer neuen Verzweigungen erweiterte. Ihm schien, er gelange nun ins Herz des Souk, aus dem er nie wieder ins Freie finden würde. Dennoch verlangsamte die Angstspindel ihre Drehung. Er beruhigte sich an der Seite des Alten, der vor einer Wand anhielt, an der eine Holzleiter lehnte. Sie führte zu einem sich kaum zwei Meter über dem Boden öffnenden Eingang. Erstaunlich behende klomm der Blechschmied voran nach oben, der Fremde folgte, sie schlüpften durch die Mauertür und standen nach wenigen Schritten in einer Rotunde, in deren Mitte einige Kerzen auf einer Stele brannten. Ihr Licht reichte kaum bis zu den Wänden, aber sie ließen in der ganz mit Mosaiken ausgekleideten Kuppel vielfarbige Figuren vor goldenem Hintergrund glimmen.

Der Blechschmied trat neben die Stele. Im Kerzenlicht gewann sein Gesicht Güte und Weisheit. »Raise your head« sagte er, »you'll see the twelve secrets of life, shown there in a circle of tales! Raise your head and look! You need it, I know!«

Der Fremde lachte. Alles hatte er erwartet, nur nicht die Verwandlung des Dosenmachers in einen englischsprechenden Fremdenführer. Aber jeder in dieser Stadt betätigte sich als Fremdenführer, jeder gab sich als Experte aus, warum nicht dieser Alte, den das Lachen nicht irritierte. Er deutete auf das Kuppelmosaik, und der Fremde sah, daß der Blechschmied weiter die Lippen und den Unterkiefer bewegte, aber er hörte die Stimme nicht mehr, sondern vernahm die Erklärungen mitten in seinem Kopf, so als spräche er selbst zu sich und teilte sich Geheimnisse mit, die er nicht kennen konnte.

»In der Mitte oben siehst du den Mund, der am Anfang war und aus dem alles erzählt wurde. Hier am Rand siehst du, daß die erste Geschichte die des Himmels war. Danach erzählte der Mund das Meer, dann schuf er erzählend das Land. Er sprach von den Büschen und von den Tieren. Die sechste seiner Geschichten handelt vom Feuer, die siebente von der Frau, die achte vom Mann, die neunte davon, daß aus Frau und Mann Kinder entstehen. Dann rief der Mund, daß um die Fülle, die er durch seine Erzählungen geschaffen hatte, eine Leere sei, die ohne Ende ist. Darum nennen wir die Leere den zehnten Bruder der Welt. Als der Mund von der Leere erzählt hatte, kam das Wort *Tod* aus ihm hervor, seitdem ist alles, was er vorher benannt hatte, auch die Leere, vergänglich. Da der Mund unvergänglich sein wollte, sprach er als zwölftes Wort *Ewigkeit* aus und erkannte, daß er selbst Gott war.«

»Aber die dreizehnte Geschichte, was ist mit dem Loch dort in der Kuppel? Was ist mit den Lotosblüten neben ihr, was mit dem Stern auf ihrem Mauerbogen?«

»Die dreizehnte Geschichte kannst du nicht hören, du mußt sie erkunden, fliege hinauf, versuche es, stelle dich auf die Zehen, breite die Arme aus, denke, daß du ein Engel bist, denke dich als eine Feder, die ein Kind in die Luft bläst!«

Der Fremde fand es lächerlich, die Arme auszubreiten und sich auf die Zehen zu stellen, aber er tat es. Er dachte sich als Engel. Das beschwerte ihn. Er dachte sich als Feder, und sogleich hob er sich und schwebte, die Senkrechte haltend, jener dunklen Pforte im Mosaik entgegen, die der Blechschmied als Eingang zur Dreizehnten Geschichte bezeichnet hatte. Und leicht überflog er die Schwelle, setzte seinen Fuß in den Gang und trat ein.

Die feuchte Wärme schlug um ihn zusammen wie ein Tuch. Er legte sich auf den Boden und fühlte, daß etwas an ihm zog. Er glitt voran, alles an ihm glättete sich, und er schlüpfte in eine Hitze hinauf, die ihn in Wellen umschloß, naß und um ihn anschwellend, er roch, daß hier Pfirsiche reiften am Ufer eines Salzmeers, und er schwamm in einen Raum, der von rubinrotem Licht durchdrungen war, er blickte umher und fühlte sich getröstet. Anfang, dachte er. Er zog sich zurück, aber die Dreizehnte Geschichte sog ihn wieder in ihren Satzbau hinauf, und wieder überwältigte ihn der Trost, den sie bereithielt. So glitt er in jenem an letzter Stelle erzählten Geheimnis wie ein Schiff in den Wogen einer Brandung vor und zurück und wollte den Taumel, der mit dem Rhythmus verbunden war, nicht mehr aufgeben. Er sah das Rot seines Lebens, spürte die Wärme des Anfangs, hörte den Schlag einer fernen, großen Trommel, die ihm einredete, daß sie niemals aufhören würde zu tönen, weil sie die Uhr ewigen Lebens sei.

Doch auf einmal erinnerte er sich, daß es den Schlag dieser Trommel schon lange nicht mehr gab. Er glitt zurück, als würde er ausgestoßen, er spürte den Verlust der Wärme, stand wieder neben dem Alten unter der Mosaikkuppel und vernahm in sich den Satz: »Die dreizehnte Geschichte ist die vom

Anfang der Sehnsucht.« Er sah, daß der Blechschmied die Lippen bewegte, und hörte sich sagen: »Wir entstammen der Sehnsucht, sie ist stärker als wir, sie ist stärker als der göttliche Mund, der sie erzählte.« Dann nahm der Alte ihn am Arm und führte ihn zurück.

Als er aus dem Souk wieder ins Tageslicht der Hauptstraße trat, überfiel ihn die Regenkälte zugleich mit der jammernden Musik. Aber war diese Musik nicht eine einzige sehnsuchtsvolle Klage? War die Kälte nicht erfrischend? Waren die eingeschäumten Männerköpfe im Barbierladen nicht in lebendigem Gespräch, und zog der Geruch aus Zwiebeln, Fisch, Knoblauch, gewürztem Fleisch und Koriander nicht Märchenbilder nach sich, die kein anderes Aroma je hervorrufen würde? Gehörten Hammelkeulen und blutverschmierte Widderköpfe nicht zu jener verstörenden Fremde, die er gesucht hatte?

Er atmete tief, ließ sich den Regen aufs Gesicht fallen und öffnete den Kragen seiner Jacke. Die dreizehnte Geschichte hätte er niemandem erzählen können. Er sehnte sich danach, sie wieder zu erleben, und wußte zugleich, daß es unmöglich war. Er begriff, daß er vier freie Tage hatte, ohne Programm, ohne Gruppe, ohne Betreuer. In einer Stadt, in der ihn niemand kannte und in der die Frauen mit einem Mal anders zu ihm hersahen als zuvor – nicht wie zu einem Fremden, sondern mit heiterer Neugier.

Es hörte auf zu regnen, und ein warmer Fallwind vertrieb die Kälte. Der Fremde fand, daß in dieser Stadt ungewöhnlich viel Schönheit versammelt war, er nahm Blicke auf, gab sie zurück, roch den Duft der Frauen, Orchideen und Lotos, Pfirsich und Salzmeer, und er entschied sich, einer der Schönen zu folgen, die sich oft nach ihm umsah und ihren Gang verlangsamte, wenn er zurückblieb, beschleunigte, wenn er zu nahe kam. Er folgte der schwarz Gekleideten aus der Oase, wo die Teerstraße ausfranste und in Sand überging, wo sich nach den letzten Steinhäusern Hütten abseits des Wegs im Hügelgelände verteilten. Hier hatte es nicht geregnet.

Schattenlos blieb sie unter dem graugewölkten Himmel stehen und wies ihm den Weg zu ihrer Hütte. Er ging voraus, und sie folgte ihm, löste den Schulterschal von ihrem Kleid und zog ihn hinter sich her über die doppelte Schrittspur im Sand.